RING

CRÉPUSCULE DES TITANS

PAPACITO

CRÉPUSCULE DES TITANS

ring.fr

ÉDITIONS RING

Collection
PULP
–
RING
www.ring.fr
–

Je dédie ce livre à tous les courageux chevaliers de l'Histoire, aux carlistes, aux Vendéens, aux esclaves africains déportés, à nos valeureux soldats de la Première Guerre mondiale, aux Juifs du Vel d'Hiv'et à toutes les autres victimes innocentes des crimes de la République.

JE SUIS VENU POUR HONORER
ET JE SUIS VENU POUR SANCTIONNER

AVERTISSEMENT

Le Moyen Âge n'est pas ce que l'histoire officielle de cette République en a fait à travers les siècles. Le Moyen Âge n'est pas ce que les livres d'Histoire validés par l'Éducation nationale post Mai 68 vous en racontent. Le Moyen Âge n'est pas ce grand mensonge que vous ont fabriqué les historiens communisto-trotskistes sélectionnés par une France sans couilles qui avait trop honte d'avoir eu un passé noble et glorieux pour en assumer toute la beauté et l'héritage. Le Moyen Âge n'est pas cette période obscure qu'on a volontairement diabolisée pour faire oublier à l'homme moderne que ses ancêtres, contrairement à lui, n'avaient pas subi le grand rite républicain de « l'émasculation sacrée » pour fabriquer des légions de votants socialistes et de serpillières à foutre sans identité.

Les historiens en charge de fabriquer des « Français » modernes vous ont menti. Ils ont transformé les siècles qui allaient fonder la France totale, l'essence même de l'identité profonde européenne en une période honteuse, sale, obscurantiste et crépusculaire. Comment produire efficacement des hordes de soumis, de citoyens violables à volonté malgré des modèles aussi exaltants et puissants que nos ancêtres médiévaux ? Comment faire prospérer et durer cette société de pleutres fragiles et versatiles alors même que leurs ancêtres de l'an mil étaient prêts à donner leur vie pour l'honneur d'un blason, d'une maison ou d'une simple réputation ?

Il fallait mentir, il fallait cacher cet héritage, il fallait le transformer en quelque chose de sale, il fallait le travestir ou le moquer pour le détruire. Il n'était pas acceptable que le Français métrosexuel de 2020 fasse résonner dans son cœur et ses couilles le souvenir trop lourd et puissant de l'homme absolu qu'il a été pendant la bataille de Muret, de Bouvines ou de Saint-Jean-d'Acre. Il fallait que la petite tarle contemporaine ne sache surtout pas qu'il a été possible, pour les Français, de vivre autrement qu'à quatre pattes, le cul en éventail, devant n'importe quelle horde de violeurs civilisationnels sur son territoire historique. Il fallait que cette poire de Français continue à être amnésique et ne se demande jamais à quoi lui servent les deux balloches qui se trouvent juste en dessous de sa pine ratatinée d'Occidental déprimé. Il fallait que son corps ne vibre plus jamais à la vision d'une bastide, d'une cathédrale ou d'un blason. Il fallait qu'il reste cette merde qui a été capable d'élire Emmanuel Macron et François Hollande alors qu'il a bâti le château du Fort de La Latte en 1340 et repoussé le puissant Attila aux champs catalauniques. Il fallait qu'il reste ce lâche fabriqué par quatorze années de mitterrandisme qu'on puisse humilier quotidiennement au XXIe siècle sans qu'il se décide à répondre ou à devenir violent. Il fallait réduire son histoire à néant, lui faire oublier ses particularismes locaux pour lui désapprendre à parler la langue de ses ancêtres. Lui interdire l'occitan, le breton, le normand et le savoyard pour faire de lui un bon petit républicain prêt à apprendre l'anglais et l'arabe à l'école. Lui interdire de s'ouvrir à son passé et à son patrimoine pour s'ouvrir au migrant clandestin qui vient habiter dans son salon et se taper sa frangine. Lui faire exploser les tripes en 1914 contre son frère allemand pour pouvoir vendre la capitale à l'Arabie saoudite cent ans plus tard. Il fallait faire du Français le cocu absolu, il fallait l'humilier en lui confisquant son histoire pour ne lui laisser que les aspects négatifs de celle-ci. La traite négrière, la décolonisation violente, la collaboration, voilà ce dont le jeune Français doit absolument se souvenir. Voilà ce qu'il doit se rappeler pour s'en excuser à perpétuité !

Interdiction absolue d'ouvrir la crypte secrète dans laquelle l'histoire officielle a emprisonné le Moyen Âge à double tour, interdiction absolue de toucher le verrou qui garde la boîte de l'âme française prisonnière. Interdiction absolue de se souvenir.

Je te propose, cher lecteur, de m'accompagner entre enfer et paradis. Attrape une solide torche, aiguise ton courage et ton épée, et suis-moi ! Allons ensemble libérer le héros médiéval de son tombeau, allons nous battre contre l'oubli imposé par nos ennemis, allons, toi et moi, faire cette dernière croisade perdue d'avance. Allons saigner et mourir pour presque rien, allons cracher à la gueule de Satan les armes à la main. Ce sera la dernière bataille pour l'honneur, toi et moi, coude à coude, aurons le privilège d'avoir mené ce combat abandonné de tous les lâches qui nous entourent. Sois mon soutien comme je serai le tien jusqu'à ce que nous embrassions notre mort certaine.

« Montjoie, Saint Denis ! »

Aujourd'hui, l'Histoire est racontée et enseignée par des étudiants de vingt-six ans qui ont passé leur diplôme dans une université (anarcho-trotskyste) comme l'Hexagone en compte des centaines. Le schéma est toujours le même : le professeur (anarcho-trotskyste) enseigne une histoire sur laquelle il a projeté sa vision politique manichéenne du monde. D'un côté, les méchants seigneurs protégés par la méchante Église (les fascistes), de l'autre, le pauvre paysan qui serait une sorte d'hybride maudit entre un Jean Moulin médiéval et un Léo Ferré. Bien sûr, le seigneur riche, ce salaud, serait le prédateur absolu de cette époque maudite où la CGT n'existait pas encore. La conclusion à tout cela étant que le jeune collégien doit absolument se convaincre qu'il faut éprouver du dégoût pour cette période de l'histoire. Il doit percevoir le Moyen Âge comme une période sinistre et la maudire de tout son être. Savoir analyser la nature de celui qui enseigne cette époque est un élément important pour comprendre en quoi il n'a aucune légitimité à le faire.

Être reporter de guerre, c'est raconter le réel d'aujourd'hui. Être historien, c'est raconter « le réel d'hier ». Si je valide ce postulat, alors comment un fifre de vingt-six ans n'ayant jamais eu de parcours significatif dans le « réel d'aujourd'hui » pourrait être légitime à nous raconter avec crédibilité le « réel d'hier » ? Comment une jeune merde tout fraîchement démoulée sur son banc de fac par l'Éducation nationale pourrait avoir le moindre droit de se piquer de nous retranscrire la *burne médiévale* ? En toute logique, il devrait être criminel de croire que cet individu boursier saturé en molécules d'œstrogènes et de soja, gauchisé par vingt ans d'Éducation nationale, puisse comprendre ce qu'a été le véritable Moyen Âge. Pas celui de Fernand Nathan ni celui de la fac du Mirail, le vrai et pur Moyen Âge comme il existe encore dans les coins reculés du Béarn, de Bourgogne, du Pays basque ou de la Corse.

Le professeur d'Histoire de collège classique est souvent une merde fragilisée par cent-cinquante ans de République option ping-pong qui n'a jamais saigné du nez après quelques bourrades ou mornifles agricoles sur le groin. Il n'a jamais éprouvé la violence du rugby, de la bagarre ou de la vie à la campagne. Il ne mange que rarement de la véritable nourriture. Il ne sait pas que dans les Pyrénées, on roule encore de la couenne fraîche de porc noir de Bigorre dans un lit de poivre comme il y a cinq-cents ans. Il ne sait pas que dans les troisièmes mi-temps des Rencontres Roquettes/Montastruc on finit par se chier dans la main pour se jeter dessus des étrons fumants au beau milieu du *club house* (histoire véridique). Cette jeune folle ne sait pas non plus ce que baragouinent les vieux pêcheurs bretons ni les histoires épiques qui se chantent encore en occitan dans tout l'Ariège. Il n'a pas accès à ce réel-là, il ne sait pas ce qu'est la véritable confrontation du quotidien, la douleur, les ecchymoses sur le museau après trois rounds de boxe. Il n'a jamais fait de béhourd, coupé de bois, ou mis une gifle de charpentier pour un mot de travers. Il est beaucoup trop le produit de la République pour pouvoir imaginer ne serait-ce que dix pourcent de ce qu'a été le lourd et gras Moyen Âge. Comment pourrait-il prétendre en avoir les codes alors qu'il s'enrhume fin septembre et se déshydrate début mai ? Comment cette grosse merde peut croire qu'il va nous expliquer la bataille de Crécy quand il change de trottoir à la vue d'une racaille de quatorze ans ? Comment ce fifre de quarante-deux kilos peut avoir l'outrecuidance de s'exprimer sur la vie médiévale alors qu'il achète du « sans gluten » de tantifle pour pas s'étouffer avec un quignon de pain « campagne tradition » au gros seigle de nos ancêtres ?

Vous l'aurez compris, je revendique ce droit légitime à la parole, je revendique le droit de vous parler du Moyen Âge par souci de justice, d'une part parce que pendant quinze ans de déménagements industriels, j'ai fait dix ans de rugby dans le Sud-Ouest et autant de boxe, et d'autre part parce que j'ai traversé l'Occitanie, la Castille et l'Aragon trop profondément pour ne pas en avoir compris l'essence suprême. J'ai sué et saigné suffisamment entre mes vingt et trente ans pour ne pas prendre le droit de vous causer un peu du véritable Moyen Âge. Pas celui d'Hollywood avec son haleine menthol ni celui du Parti communiste de 1968 avec son haleine café-clope, le véritable Moyen Âge, celui qui sent l'ail et le fromage de chèvre, celui qu'on devine dans les yeux de Jean Lassalle et de Lolo Pons. Celui qui a fabriqué vos ancêtres et le pays que la Grande guerre de 14-18 a détruit. Le seul vrai Moyen Âge capable d'enflammer votre imaginaire, celui qui brûle quelque part au fond de vos tripes, de vos cœurs, et de vos couilles.

LA RENCONTRE

Le Moyen Âge est né de la rencontre de deux mondes qui vont se féconder l'un l'autre. Le *monde civilisé* d'une part, le *monde barbare* d'autre part. C'est-à-dire la rencontre entre le cortex cérébral stratège, et la capacité sauvage à mettre une patate dans la gueule quand la situation l'exige. Le cerveau et les burnes, voilà les deux seuls véritables terreaux de l'identité européenne. Faire des stratégies de rital vicieux à la Jules César, puis défoncer des gueules à la Ragnar le Rouge comme des énormes alphas. Tout le reste est un ajout tardif qui n'a fait qu'éloigner les Européens de leurs missions premières : conquérir, planifier, inventer des trucs, suer des couilles ! Mettre des dorures plaquées or sur des bâtiments et des meubles « Boulle » à huit-mille balles pendant que les autres font des huttes en torchis et en merde de chameau.

Il est capital de rappeler de quoi cette époque est le fruit pour en comprendre la pureté conceptuelle. Le Moyen Âge débute lorsque la grande civilisation romaine déclinante rencontre, affronte et absorbe les peuples barbares qui l'entourent. Nous sommes à la fin de l'Empire romain, et partout, les frontières de cet immense territoire vacillent sous les coups de boutoir de divers envahisseurs. C'est en Europe occidentale que la rencontre sera le plus féconde. D'un côté, la civilisation latine, grande héritière de la civilisation grecque. Puissante, vaste, ordonnée administrativement et militairement, complexe politiquement, généreuse en penseurs et savants, assimilatrice, la culture romaine a interpénétré de nombreux peuples qu'elle a progressivement transformés en nations. Par exemple, le Gaulois ou le Celte vont être progressivement romanisés pour devenir les Gallo-Romains en quelques siècles.

De l'autre côté, les tribus et peuples d'origines germaniques d'Europe centrale et d'Europe du Nord. Scindés en peuplades semi-nomades, ils se vouent à la guerre et s'affrontent entre brutasses dans quelques fjords glacés, dans les forêts de Bavière, de Belgique et du nord-est de la France pour perfectionner leurs aptitudes guerrières. Burgondes, Normands, Wisigoths, Vandales, Francs, Vikings, Alamans, tous ces types ont passé les quatre derniers siècles depuis l'an zéro à se jeter des francisques en bronze en travers de la gueule pour imposer leur style entre gros Germains et se préparer à déferler sur l'Europe pour en faire un continent de lève-tôt efficaces.

Les Wisigoths imposent leur style en Occitanie et en font un royaume transpyrénéen de Toulouse à Tolède. Au nord de la Loire, plus tard sur tout le territoire de la France actuelle, les Francs vont venir se mélanger aux Gallo-Romains pour fabriquer ce que l'Histoire appellera le peuple français. C'est-à-dire un mélange entre Gallo-Romains et gros Fritz de la lourde Forêt Noire de Stuttgart. En Normandie le taux de testostérone explose en medieval-crédibilité, car le sang viking vient s'ajouter aux strates génétiques de tous ces peuples de guerriers agglomérés.

À ce point de son histoire, jamais le Français n'a eu un sang et un patrimoine culturel aussi solides ! Fils de Rome, fils de Vercingétorix, fils de Clovis, fils de Théodoric et de Ragnar, il est le résultat de la plus grosse réunion génétique d'Europe. Si on avait passé l'ADN de n'importe quel Français du VIIIe siècle au microscope on aurait certainement vu une petite paire de testicules accrochée à chacun de ses globules rouges.

Peu à peu, ces tribus barbares vont se christianiser et s'organiser en petits royaumes où chaque seigneur de guerre prêtera allégeance à un suzerain supérieur en puissance et en prestige. Techniquement, les Germains ayant passé à peu près cent pourcent de leur emploi du temps pré-médieval à casser des gueules, ils fourniront une plus-value guerrière énorme pour perfectionner les armures et les épées de combat, qui vont passer du fasciste glaive latin à la grosse épée d'abrutis bien large et longue qui va purifier le Moyen Âge de tout superflu de fragilité.

En l'an 476 apr. J.-C., l'Europe est prête à terroriser le reste de la planète, c'est le début de la plus noble et la plus pure époque de son histoire : LE LOURD MOYEN ÂGE !

Ce particularisme historique est important à analyser car il est le symbole exact de ce que doit être un homme total. C'est-à-dire un individu hautement instruit et civilisé, pétri de finesses et de protocoles sociaux tout en ayant une discipline et une vision de vie fascisante pour lui-même, tant que pour la société qui l'entoure. Ce haut degré civilisationnel doit se coupler à l'homme barbare brutal et instinctif. Ce dernier a conservé un rapport au réel (donc à la violence) et à l'adversité très lucide, ce qui lui permet de ne pas se glisser dans la chute et l'engourdissement qui guettent l'être humain civilisé lorsqu'il bénéficie de trop de confort. L'homme barbare, lui, manque de rigueur, de vision à long terme et de capacité à penser et planifier un modèle de société. Ce qui produit des individus qui chient à un mètre de l'endroit où ils dorment au lieu de faire péter un aqueduc à la romaine pour se payer le luxe d'avoir l'eau courante dans leur maison dix-neuf siècles avant que cela ne soit le cas en Roumanie.

L'homme barbare c'est l'énergie, l'homme civilisé c'est la raison, l'Europe du Moyen Âge c'est la rencontre de ces deux hommes pour une fusion ultime de finesse et de violence absolue ! Les mille ans que va durer le Moyen Âge seront à la mesure de cette dualité. D'un côté on fera des enluminures pour consigner le savoir, de l'autre on fera écarteler des types pour se détendre à la sortie du boulot.

ROLAND, LE ROCKY BALBOA MÉDIÉVAL

Nous sommes au VIIIe siècle. Le grand Charlemagne, Karl der Grosse, n'est encore que Charles Ier, une sorte de 50 Cent couvert de blings que tout le monde admire parce qu'il respecte autant la littérature que les marteaux à deux mains. Afin de garder les frontières de son empire immense, il s'est entouré de chevaliers vaillants parmi lesquels Hruotland, plus connu sous le nom de Roland le Preux. Ce dernier est une machine de guerre à qui Charlemagne a confié la tâche périlleuse de tenir à distance du royaume franc les puissants Celtes, aussi appelés Bretons, en constante insoumission quels que soient l'envahisseur et l'époque. Ils ne sont pas encore les Bretons de festivals alternatifs que vous croisez systématiquement dans n'importe quelle manifestation publique à brandir leur drapeau en polyester de fils de pute qu'ils ont commandé en Chine. Non, ces derniers sont encore les excellents guerriers qu'ils étaient tout au long de l'Antiquité, très prisés de Rome dans ses campagnes de Grèce. On sait d'ailleurs peu que ce sont les Celtes qui constituaient la majorité de l'avant-garde de l'armée romaine. Troupe de choc, visuellement impressionnants parce qu'ils se battaient les balloches à l'air libre, les derniers d'entre eux se trouvaient encore en Bretagne à l'aube du Moyen Âge. Nommé Praefectus Britannici Limitis, Roland va s'aguerrir dans de longues et meurtrières escarmouches contre ces rudes guerriers de Bretagne dans cette guerre des gangs que l'Histoire retiendra comme « la marche bretonne ». Homme de confiance de l'empereur, il endure par fidélité à son suzerain une vie de rudesse aux confins du territoire franc. Il faut imaginer un golgoth germanique sur un cheval BMW de cinq-cents kilos, forgé par la longue saison humide du Nord-Ouest, suffisamment loyal envers son chef de guerre pour tenir son poste des années durant, sans émettre le moindre doute sur la nécessité de se dévouer entièrement à sa mission. En deux mots, un *gars sûr*, tanné par le sel armoricain qui vient pétrifier les hommes jusque dans les terres. Le visage fouetté par le vent océanique, Roland acquiert la réputation d'être un homme « *sans peur et sans reproche* » ce qui équivaut en fait à affirmer « *qu'il a des couilles de tricératops* » qui débordent de son slip médiéval à chaque fois qu'il intervient dans une embrouille. En ce temps-là, on vous envoyait casser des gueules, « *pour la gloire de Dieu* », pendant des années entières dans des endroits où il fallait faire un an de cheval pour rentrer dormir à la maison et se faire un Scorcese pour se détendre entre deux massacres. Il faut imaginer que quand Roland devait quitter sa turne pour aller taffer sous la pluie de Bretagne, il n'était pas au meilleur de son humeur et que la seule motivation était de continuer à faire vivre et maintenir son blaze dans le panthéon de l'effroi, entre celui du stégosaure et celui de Mike Tyson. Les quelques fifous qui ont eu la malchance de croiser Roland sur les champs de bataille découvraient une espèce d'Allemand d'un mètre cube, croisé entre un Dolph Lundgren et un Brock Lesnar, sans cesse en train de chevaucher d'une baston à l'autre pour gérer la street armoricaine de Brest à Saint-Malo. Et tout ça en situant sa silhouette entre celle d'un Viking et d'une machine à laver.

En 778, le *wali* de Saragosse, Sulayman ibn al-Arabi, demande l'aide de Charlemagne pour lutter contre d'autres musulmans. Le deal est le suivant : pendant que Saragosse ira se battre contre les Maures, Charlemagne devra tenir la ville contre les voisins navarrais de Pampelune qui refusent de passer au hallal. Charlemagne, soucieux de ne pas déplacer son armée au milieu d'une baston d'Arabes sans quelques garanties, décide d'envoyer Ganelon, un de ses chevaliers, afin de bien préparer et organiser la manœuvre. Il confie donc à Ganelon son plan de bataille : il marchera devant tandis que Roland aura la mission de conduire l'arrière-garde pour protéger son armée pendant sa retraite. Mais lorsque Ganelon débarque à Saragosse, ce fils de pute se met à trahir Charlemagne par jalousie envers Roland, en complotant contre lui avec un nouveau *wali* qui a remplacé Sulayman ibn al-Arabi entre-temps. Les deux félons s'accordent sur le plan suivant : quand Charlemagne commencera à se retirer, Ganelon indiquera à la « bande à Bilel » comment niquer Roland et toute l'arrière-garde de l'armée de Charlemagne, en échange de deux ou trois putes et d'un peu de cash.

La réalité est tout autre que ce qui a été raconté dans *La Chanson de Roland* les siècles suivants, par divers trouvères et troubadours qui étaient les intermittents du spectacle de l'époque. La vérité historique, loin des chansons de geste fantaisistes, est la suivante : déçu de ne pouvoir rentrer dans Saragosse, Charlemagne conclut que ça casse les couilles d'avoir fait le voyage pour rien. Alors en août 778, il décide de mettre à sac la ville vasconne de Pampelune. Il faut imaginer le stress des Vascons qui venaient de passer les vingt dernières années à gérer des Arabes agressifs en bas de leurs remparts se rendre compte que des Allemands du gros Frankreich allaient prendre le relais des Algériens dans le wargame. Mettre à sac une ville n'est pas ce que vous montre Hollywood dans ces films de tantifles avec Orlando Bloom, où les chevaliers disent « s'il te plaît » et ne lâchent jamais de caisse à table. Mettre à sac une ville, c'est expliquer à son armée que défoncer des culs et vider le frigo de l'habitant est la consigne des dix prochains jours. Mettre à sac une ville, c'est donner la permission à des soldats qui n'ont pas pris de douche depuis une semaine de « disposer » des vaincus comme ils le souhaitent. Lorsque la ville tombait, un vent d'épouvante et de terreur s'abattait sur eux. On commençait à violer et à piller avant même d'avoir tué l'intégralité des ennemis de la cité. On rentrait dans une pièce, on tuait tous les hommes de trois à soixante-dix ans avant que de cauchemardesques guerriers ne se mettent à violer l'intégralité des femmes du foyer dans des cris d'horreur, puis dans l'horreur du silence. Abusées par des hommes à l'odeur d'ail, de lait de chèvre rance mêlé à l'urine et à la transpiration qui, semaine après semaine, avaient gorgé de fluides et de graisses rances le cuir et le lin des vêtements. Cette rétribution par le viol faisait partie du tribut personnel de chaque soldat, piéton et autres soudards d'une quelconque armée depuis la nuit des temps. Les viols se passaient en groupe comme dans n'importe quelle guerre moderne, avec les étreintes sauvages et la bestialité nécessaire pour que chaque individu de la troupe puisse prendre deux à trois fois les femmes de son choix. Une fois les couilles vidées et la population locale anéantie, on campait un peu dans la ville pour trouver les dernières cachettes improvisées où l'on avait possiblement dissimulé une vierge ou un morceau de charcuterie. Camper dans la ville était aussi un moyen d'humilier et de traumatiser le vaincu durablement. Après l'avoir vaincu militairement, on le souillait un peu plus en allant chier dans son salon après avoir violé sa femme devant lui plusieurs jours d'affilée. Bien sûr, on avait pris le soin de pendre ses gosses dans l'étable pour éviter un scénario de vengeance ultérieure. De cette façon, on laissait le souvenir et la promesse que si l'on était amené à revenir, on redoublera de barbarie pour que la leçon de soumission s'inscrive encore plus profondément dans la chair. Ce qui empêche l'homme moderne occidental de se venger de ses ennemis, c'est la peur des conséquences. Contrairement à l'époque, il ne peut faire de façon nihiliste des exemples ou des avertissements violents pour instruire ses ennemis de son refus de se soumettre. Voilà comment aujourd'hui, cocu qu'il est par les droits de l'homme, il se retrouve à vouloir pardonner aux bourreaux du Bataclan plutôt que d'anéantir leurs familles et proches, membre par membre, dans une séance de torture publique qui serait la base d'une société saine.

Ainsi donc, après avoir poutré tout ce qui respire à Pampelune, Charlemagne décide d'appliquer son plan et de se retirer avec son armée en passant par le col pyrénéen de Roncevaux. C'est là que, contrairement à la légende qui attribue cette attaque aux seuls Arabes, les Vascons, sorte de mélange entre Basques et Aragonais, peut-être accompagnés de quelques musulmans, viennent attaquer l'arrière-garde de l'armée impériale dirigée par Roland, en représailles du sac de Pampelune. Le 15 août 778, près du légendaire col de « Roncesvalles » ou plutôt au « col d'Ibaneta », sur l'antique voie romaine Ab Asturica

Burdigalam, les Vascons fondent sur les troupes de Roland dans un événement qui sera le fondement de *la geste* médiévale (récit des hauts faits), de la chevalerie et de l'imaginaire qui l'accompagne. Roland, toujours aussi soucieux de la réputation de ses testicules, décide d'encaisser seul la bataille sans faire appel à l'avant-garde de Charlemagne. C'est-à-dire qu'en fait, le mec prend une charge de blédards et de Basques dans un goulet montagneux et décide de faire le ménage tout seul pour continuer à faire rêver ses fans et son roi avec toujours plus d'entertainment. Le type se stabilise sur son cheval et commence à exploser des têtes avec style puisque son épée porte un nom : Durendal ! Et aussi parce que le pommeau en est incrusté d'une molaire qui est une sainte relique. La bataille est extrêmement meurtrière et les pertes sont terribles des deux côtés malgré le déséquilibre des forces en présence. Le massacre prend une telle ampleur que Roland, blessé, à l'article de la mort, décide enfin de faire gronder son oliphant pour alerter l'avant-garde de l'armée. Charlemagne entend le cor, mais ne s'inquiète pas immédiatement car il fait confiance à son meilleur chevalier qu'il estime être presque invincible. Quelques heures plus tard, en proie au doute, il décide de rebrousser chemin pour se rendre au col où a eu lieu la bataille. Il découvre Roland, inerte au sol, son épée Durendal à la main face à un rocher sur lequel il aurait essayé de la casser pour éviter qu'elle ne tombe aux mains de ses ennemis. La légende voudrait que Charlemagne ait fait juger Ganelon pour sa traîtrise, quelque temps plus tard.

C'est ici que commence *La Chanson de Roland*, un récit qui sera agrémenté d'images et d'anecdotes, par les troubadours soucieux d'en mettre plein la vue aux seigneurs qui auront lâché un peu de pognon pour écouter leurs histoires. Et c'est là que tout à coup, l'histoire déjà pleine de burnes de Roland devient le premier blockbuster français de l'Histoire. Chaque troubadour augmente un peu le niveau de testostérone du récit. Ainsi donc, l'épée de Roland avait appartenu à Achille pendant la guerre de Troie, elle aurait été donnée à Charlemagne dans un vallon de Maurienne par un ange du ciel pour qu'il pimpe son chevalier préféré. Déjà bien sali par l'Histoire, Ganelon devient le fils de pute officiel du Moyen Âge, chaque troubadour en rajoute sur le niveau de *filsdeputerie* de ce dernier en rajoutant toujours plus de détails sur sa lâcheté et sa jalousie. C'est tout juste si on ne l'accuse pas « d'enculer des enfants comme un vieil abonné de *Libération* ». La tentative de Roland de casser son épée devient le climax du récit : au lieu de fendre un rocher, elle aurait en fait fendu la montagne pour créer « la brèche de Roland », ce dernier n'est d'ailleurs plus un homme mais un géant, et son épée ne fait plus soixante-dix centimètres mais cent-cinquante mètres minimum. Comme le public se régale, les troubadours envoient de plus en plus la sauce en remplaçant les Vascons par des gros Marocains de Daech avec des griffes et des têtes de lézards. Roland ne s'est donc plus battu contre la bande à Bilel, mais il aurait en fait affronté une armée de dylophosaures à collerette convertis à l'islam. Roland n'aurait pas simplement soufflé dans une corne de brume, non, ça, c'est pour les « tantoufles », Roland, les troubadours vous l'assurent, se serait fait exploser la veine du cou en soufflant dans son olifant comme un énorme mongolien. Il aurait aussi appelé l'archange Michel en lançant son épée dans les airs qui aurait parcouru plusieurs centaines de kilomètres pour venir se planter dans le rocher de Notre-Dame de Rocamadour. Chaque nouveau cycle de *La Chanson de Roland*, écrit plus de deux siècles après les événements, est une nouvelle mise à jour de la véritable histoire pour devenir la geste la plus populaire tout au long du Moyen Âge. Selon certaines chroniques, des passages de *La Chanson de Roland* furent entonnés jusqu'à la Guerre de Cent Ans pour motiver les troupes françaises, soit plus de cinq siècles après les événements épiques du col de Roncevaux.

« *Ce que l'on fait dans sa vie résonne pour l'éternité.* »

Maximus Decimus Meridus

QUAND CHARLES MARTEL ANTICIPE LA CRÉATION DU NEUF-TROIS

Vous l'avez compris : la France du VIIIe siècle n'est pas encore cette réunion de lâches, de collabos et de sacs à foutre fabriqués par cent-cinquante ans de République et soixante ans de Parti socialiste. La France du VIIIe siècle est un énorme *Mad Max* à cheval que les Wisigoths viennent juste de céder aux Francs, pour aller se confronter aux Arabes qui tentent illusoirement de s'installer durablement en Espagne. Sans savoir à l'avance qu'en 2019, la production de viande porcine va y connaître un putain de record.

Mais concentrons-nous d'abord sur Charles Martel, « Carolus Martellus ». Chef incontesté de toute la récente Francie, il va m'être difficile de vous instruire sur le type d'homme qu'a été Charles

Martel. Il n'y a aucun équivalent moderne qui puisse vous donner une idée à peu près concrète de la taille des burnes de cet homme. Car il est vrai qu'aucune chronique de l'époque ne fait mention du fait qu'il devait certainement se déplacer avec trois chevaux, un pour lui, et deux autres robustes chevaux de trait pour porter ses deux énormes couilles. Tant pis si ce détail historique a été oublié, je vous le révèle quand même ici pour la gloire.

Déjà le mec s'appelle « Charles le Marteau ». Niveau surnom, on sent direct que le type a un attrait irrépressible pour la philosophie des Lumières et les alexandrins de fioque. « Le Marteau » oui ! Pas parce que c'est un putain de bricoleur qui s'équipe chez Castorama pour faire une étagère dans le garage, non, « le Marteau » parce que le mec part à la bataille avec un maillet de chantier d'un mètre en fait ! Pas avec une épée, mais avec un marteau ! C'est-à-dire qu'un truc qu'on utilise pour planter des rondins dans la terre pour faire des clôtures devient, soudainement, un moyen de faire exploser des boîtes crâniennes à base de sept-cent-mille kilojoules dans l'occipital. Les quelques témoins qui avaient assisté à cette démo de violence de la part de leur roi, s'étaient mis à le respecter avec tellement de puissance qu'ils lui donnèrent le surnom le plus violent de l'histoire du surnom. En 732, les musulmans ont passé les Pyrénées et se disent qu'ils vont conquérir la France comme si c'était François Hollande au gouvernement. Malheureusement, le type aux commandes n'est pas exactement un obèse asexué formé dans la couveuse à merdes de la rue Solférino. Non, il s'appelle Carolus et il a pas oublié de prendre son marteau de guerre avant de descendre de son appart pour aller nettoyer la cage d'escalier. Nous sommes donc en 732, quelque part entre Tours et Poitiers. Les Omeyyades, menés par Abd al-Rahman, sont connus pour l'efficacité de leur cavalerie et la grande expérience du combat que les vétérans d'Espagne ont accumulée, offensive après offensive. En face, Charles a décidé de s'équiper en conséquence, il a convoqué les brutes basques du Sud et les Burgondes qui traînent dans l'actuel département de la Vienne. Tous ont répondu présent et ont convergé vers Poitiers pour se préparer à la plus grande ratonnade de l'Histoire de France. Quand les Arabes arrivent, ils constatent que l'armée chrétienne de Charles est dépourvue de cavalerie. Cette information grise intégralement Abd al-Rahman, le chef des musulmans, qui lance sa cavalerie zénète sur la troupe franque. Contre toute attente, les Francs et leurs alliés encaissent la charge, la contiennent, puis l'anéantissent tout simplement. Abd al-Rahman commence à transpirer car il vient de griller sa principale cartouche. Manque de bol, son moral va s'en prendre un coup quand il va apercevoir, au milieu de la mêlée, un certain Charles Martel partir à la cueillette crânienne de Touaregs avec son célèbre maillet en gros métal de Bavière. Les envahisseurs s'affolent, jamais la brigade anti-criminalité n'avait fait une interpellation aussi violente et massive. Abd al-Rahman est massacré, on ne sait par qui, ni comment. Peut-être par un Basque-Vascon un peu taquin ou par Charles Martel lui-même, qui ne se refusait visiblement aucun plaisir.

La violence du clash a été tellement profonde que les Arabes vont appeler cette bataille « le pavé des martyrs ». Elle déclenchera un tel retentissement mondial qu'elle initiera et inspirera la glorieuse Reconquista espagnole pour perpétuer l'œuvre décolonisatrice de Charles Martel à toute l'Europe occidentale. De leur côté, les forces musulmanes ne se remettront jamais du revers de Poitiers pour finir par perdre inexorablement, mètre après mètre, chaque hectare de terre européenne subtilisée. Et cela les sept siècles suivants pour aboutir sur une décolonisation totale en 1492.

Après ce fait d'armes légendaire, Charles Martel va imposer la dynastie carolingienne et toute la structure qui va avec. Connu pour être un brillant administrateur, il va donner une importance déterminante aux chevaliers, aux tribunaux et créer la base du système féodal qui va prévaloir les sept siècles suivants. Champion incontesté du game, désormais connu et redouté comme « l'homme au marteau », Charles Martel va jouir d'une telle réputation de casseur de gueules qu'il va survoler le championnat le reste de sa vie, comme l'énorme alpha qu'il est. En 736, il se met en pilotage automatique et remet une calotte aux quelques musulmans qui tentent de traverser le Rhône en lousedé. En 737, aidé de son frangin Childebrand, il punit un autre chef arabe, Omar ben

Chaled pour mettre un terme définitif à la question du menu kebab en Occitanie. Au moins jusqu'à l'édification plus tardive du khalifat de Toulouse, à partir de l'an 1970. En panne d'ennemis à humilier, il va éclater du Lombard et racketter du Saxon comme un énorme mac. Si les Saxons ne s'acquittent pas chaque année d'un tribut, Charles menace de prendre l'Eurostar pour aller promener son marteau en Angleterre. Les Saxons ne sauteront aucune mensualité... Le 22 octobre 741, après avoir fait tapiner tous les ennemis de la France, Charles décède à cinquante-trois ans à Quierzy, après une vie à dominer le Top 14. Accessoirement, il est aussi le grand-père de Charlemagne...

HUGUES CAPET
OU LA FIN DU CHEF LÉGITIME

La fin du haut Moyen Âge est marquée par l'apparition d'une menace de taille pour le royaume de France. En effet, les fils de Charlemagne ont été incapables de maintenir l'héritage de leur père et le royaume a connu un morcèlement de plus en plus grand des territoires du Saint-Empire romain germanique. Ce morcèlement a fini par affaiblir la prestigieuse dynastie carolingienne dont vassaux et seigneurs se replient sur eux-mêmes dans leurs fiefs. Dynastie qui fut pourtant si respectée par sa capacité à avoir aligné une série impressionnante d'attaquants tels que Clovis, Charles Martel ou encore le lourd Charlemagne, dans ce qui a été un véritable « Real Madrid féodal ». Cette période de ramollissement du manche carolingien sombre définitivement sous Louis V le Fainéant, ultime roi de la dynastie. Fraîchement divorcé d'Adélaïde d'Anjou – fille des puissants comtes d'Anjou, déjà double veuve et de vingt ans son ainée – Louis la Faignasse meurt comme une merde d'une chute de cheval, à vingt ans et *sans descendance*, sur les terres d'un nouveau type de roi un peu plus fouine que d'habitude : Hugues Capet.

Le 3 juillet 987, à la cathédrale de Noyon, Hugues le capétien se fait élire et désigner roi en grande hâte par le clergé. Sans être pour autant l'héritier direct d'un quelconque suzerain. Car au IXe siècle, la désignation d'un roi se fait encore selon la culture du droit germanique. Tout comme les Wisigoths, les Francs se réunissaient dans les anciens lieux païens, ou nouveaux lieux sacrés, pour élire celui qui serait leur roi jusqu'à la fin de ses jours. Ainsi, les Goths pensaient pouvoir se prémunir du pourrissement des lignées héréditaires. Selon leur culture, le mérite d'un homme devait passer avant sa naissance. Cette vision très guerrière et méritoire de ce que doit être un chef me paraît être un fonctionnement plein de justice et d'honneur. Hugues est donc sacré roi, et cela en dépit du fait qu'il n'était que comte de Paris et non le descendant d'un quelconque carolingien qui ait fait ses preuves sur le champ de bataille. Le sacre est fait pour être une séquence à la portée légendaire. D'abord, on sort l'épée de Charlemagne de la cathédrale Saint-Denis pour bénir le sacre du roi Hugues avec du matos respectable. Ensuite, pour faire exploser le coût des effets spéciaux, on oint le front du nouveau suzerain avec une ampoule contenant une huile sacrée ayant servi à baptiser Clovis. La légende voudrait que cette huile ait été apportée à l'évêque Rémi par un ange, et qu'elle ait la capacité de se régénérer toute seule sans qu'un gros moine vienne verser un peu d'huile d'olive Puget dans la fiole discrétos entre deux sacres...

La réalité de cette période, c'est que le nouveau roi des Francs, bien qu'il soit reconnu de tous comme étant l'élu de Dieu pour régner, n'avait pas une thune en poche et était bien moins puissant que ses alliés, rivaux ou voisins alentour tels que les comtes de Blois et d'Anjou. Le principal rival de Hugues Capet est le dernier des carolingiens crédible : Charles de Lorraine, un guerrier charismatique qui jouit de puissants appuis et qui estime que le trône royal lui revient. Hugues Capet entreprend alors, avec divers alliés, de détruire le dernier des carolingiens. Une longue période de sièges et de batailles débute alors entre les deux hommes. Leurs affrontements se font en terre picarde et notamment autour de Reims, Soisson et Laon qui sont les fiefs historiques des descendants de Clovis. Hugues, peu habile à la guerre, tente à trois reprises d'assiéger Reims sans succès. En septembre 990, désireux de faire honneur à ses ancêtres, Charles le carolingien décide d'en finir et provoque en duel Hugues Capet pour mettre fin à plusieurs mois de siège sans issue favorable pour aucune des deux parties. Sur le papier, ce combat devait les départager devant Dieu une bonne fois pour toutes. N'ayant pas trop de cardio, ni la possibilité de l'éclater à la baston ou en duel, impressionné par le palmarès de son adversaire en béhourd, Hugues Capet cède à des techniques de salope pour arriver à son but et décide d'organiser un piège pour baiser son rival, sans passer par la case « j'ai des burnes » du Monopoly.

Le duel n'a donc pas lieu. Soulagé, Hugues Capet va mettre son plan à exécution en échafaudant un scénario aussi lâche que machiavélique. Le plan du clan capétien repose sur la clef de voûte suivante : l'Église a toujours supporté la cause d'Hugues Capet. Cette donnée cruciale lui confère le prestige de celui qui a été « choisi de Dieu ». C'est l'élément fondamental qui a permis à Hugues de jouir d'une certaine immunité et d'une véritable protection vis-à-vis de ses ennemis. Car en effet, qui pourrait oser s'en prendre au « roi choisi par Dieu » sans de solides appuis ou une légitimité immédiate ? *A contrario*, Charles le carolingien a la légitimité du sang et la puissance militaire pour lui, mais il n'a pas l'atout capital du « prestige divin » que possède son adversaire. Ce qu'attend Charles pardessus tout, l'ultime sésame, c'est une reconnaissance de l'Église à son égard, l'inestimable extension du game « *validé par Dieu* ». Ce détail, qui peut paraître peu important sur le plan stratégique, était pourtant décisif et primordial à une époque où la chrétienté était la structure même de la civilisation. Dieu parlait à travers l'Église, et l'Église devait choisir le roi que Dieu lui avait désigné. Hugues avait très bien compris cela et savait comment tirer parti des complexes rouages de son siècle. C'est la raison pour laquelle il se hâte de se faire sacrer roi par le très puissant clergé, avec lequel il était en lien étroit à Paris, pour asseoir sa destinée aux forceps. Et cela dans un déluge de symboles prestigieux qui allaient valider et accentuer son « bon droit sacré » à être le « roi de droit divin » aux yeux de tous ses contemporains et descendants.

Connaissant la douleur de son rival de ne pas avoir été soutenu par le clergé, il entreprit, avec l'aide d'Adalbéron, l'évêque de Laon, de neutraliser son adversaire par une ruse dénuée de tout honneur. En effet, le 29 mars 991, le jour du Dimanche des Rameaux, l'évêque Adalbéron, complice d'Hugues Capet, se présente sous les remparts de Charles. Il lui assure vouloir changer de camp afin de devenir évêque de Reims au service des carolingiens. Heureux d'enfin bénéficier du soutien d'un puissant de l'Église, Charles fait entrer l'évêque dans sa ville. À table, le banquet qui est donné en l'honneur de l'évêque est gargantuesque, le type pioche dans tous les plats et se remplit la panse comme le dernier des porcs. Comble de la mise en scène, sans doute après avoir sifflé quelques godets, le traître jure même sur « le pain et le vin partagé » sa fidélité absolue et solennelle à son nouveau roi. Charles, presque certain que son destin va basculer vers une trajectoire royale, s'endort des rêves de grandeur plein la tête. En réalité, pendant qu'il baisse sa garde dans le sommeil de l'immensité retrouvée, l'évêque fils de pute passe à l'action et va ouvrir les portes de la ville aidé de quelques complices. Des hommes entrent dans la chambre du descendant de Charlemagne pour le ligoter comme une vulgaire mortadelle. Charles, tiré de son sommeil par l'évêque traître, n'en revient pas. Sa ville est tombée et ses soldats, privés de souverain, se rendent. Il est emprisonné à Orléans par Hugues Capet, qui met fin à la menace de cet encombrant rival dans une honte au retentissement européen. Peu après son emprisonnement, le descendant de Clovis, de Charles Martel et de Charlemagne, accompagné de sa famille, meurt dans son cachot par la faute d'un évêque judas que les chroniqueurs de l'abbaye de Sens qualifieront de Vetulus Traditor, « vieux traître » dans l'*Historia Francorum Senonensis*. La fin des puissants carolingiens est complète, plus jamais la royauté ne sera élective, ce qui occasionnera la montée de véritables sacs à merdes, sans mérite, sur le trône de France.

Les partisans d'Hugues Capet, sans possibilités d'être contestés, vont dès lors fabriquer la légende d'Hugues Capet, artisan des arts et des lettres, bâtisseur médiéval. L'histoire officielle est avare en ce qui concerne sa déchéance d'estime aux yeux du peuple et des autres seigneurs. Je me plais à penser que le traître, après avoir gagné son trône comme une limace sans couilles, a dû changer de démarche, de manière de parler, sans doute a-t-il dû sentir que même les mendiants ne le regardaient plus tout à fait avec les mêmes yeux. Quelle punition supérieure à celle de voir un clodo vous regarder, vous le roi, avec dégoût, alors qu'il baigne dans sa pisse et ses excréments ? Sans compter les troupes de théâtre de l'époque qui ont dû rejouer la scène de la trahison aux quatre coins du royaume en faisant jouer Hugues Capet par un nain artificiellement obèse, en embuscade derrière l'évêque rougeaud, pendant que d'autres ligotent le valeureux chevalier endormi. Comment Hugues Capet va-t-il faire, par la suite, pour regarder ses interlocuteurs dans les yeux ? Lui qui était contemporain de la réécriture et de la diffusion de *La Chanson de Roland*, comment se sentait-il, alors qu'on chantait les couilles de Roncevaux, d'être la plus grosse merde qui se soit jamais hissée sur un trône à la force de sa bave ? Et tout cela après avoir perdu chacune des nombreuses campagnes militaires qui ont ponctué son règne de bureaucrate eunuque. Comment Hugues Capet arpentait-il les couloirs de son palais ? Rêvait-il la nuit à l'Enfer que Dieu réserve aux traîtres ? Un bouffon aurait-il eu l'audace de lui scotcher une pancarte « *je suis une salope* » sur le dos, pour lui faire un poisson d'avril ? Peu probable et de toute façon l'Histoire ne nous le dit pas. Adalbéron, de son côté, va être le Judas maudit de son temps, il écrira quelques poèmes dont tout le monde va se branler, faute d'avoir autant de talent pour la rime que pour la traîtrise. Il meurt dans l'indifférence que l'on réserve aux médiocres le 27 janvier 1030 ou 1031, tout le monde en a tellement rien eu à foutre qu'on a marqué le jour et le mois mais pas l'année. Sans doute parce qu'on ne date jamais un étron, on se contente de le démouler, puis de tirer la chasse avant un oubli à perpétuité.

Sur le papier officiel, le règne d'Hugues Capet aurait toutefois marqué le début du Moyen Âge central par une pacification de la société, en grande partie grâce à l'Église qui, hormis son évêque Judas, jouit d'une grande popularité auprès du peuple. Et notamment parce qu'elle va installer la paix de Dieu, le code de conduite de la chevalerie, et un renouveau dans le domaine des arts et des lettres.

La paix de Dieu est sans doute le meilleur témoignage du taux élevé de testo qui régnait à la fin du haut Moyen Âge. En effet, la dislocation de l'héritage de Charlemagne a fabriqué un morcèlement de l'empire en un millier de petits fiefs autonomes et places fortifiées. La plupart dirigés par autant de petits seigneurs avides de pouvoir, que de chevaliers prêts à se mettre à leur service pour aller débourrer des gueules d'innocents à la morgenstern de gros triso. Ainsi, on se retrouve avec une France médiévale peuplée d'autistes en armure, qui se bouffent les uns les autres, comme dans un chenil des années 50 en Moldavie. Et tout ça, pour le compte de seigneurs avec le niveau éthique et moral d'un Morandini devant un tas de coke en 1990. Toute cette violence pour assouvir les ambitions de quelques seigneurs qui sont prêts à racketter leurs paysans pour aller taquiner le château du comte voisin, par pure avidité. L'époque est donc traversée par des actes de barbarie qui font passer le cartel mexicain du Sinaloa pour un colloque sur l'épicerie bio. On pend, on viole, on brûle et on ravage les terres des seigneurs alentour pour les soumettre par des procédés d'intimidation de grosse racaille, le métier de chevalier se professionnalise et les mecs quittent tous la compet' amateur pour passer pro en CAP boucherie-métallurgie. À ce moment de son histoire, la France est en feu. En Normandie, les golgoths vikings essayent absolument d'ouvrir des IKEA pour imposer leur style, tout en allant racketter et victimiser les Parisiens qui ne méritent pas encore autant de violence. Les Arabes aussi continuent de vouloir ouvrir des kebabs à cent kilomètres de la frontière française, alors que François Mitterrand et Charles de Gaulle n'ont pas encore vendu la France à l'Algérie. En Picardie et dans le ch'nord, on se met des coups de tête avec les Fritz pour qu'ils arrêtent de croire que l'Alsace, c'est la banlieue de Berlin. En Haute-Savoie, comme on s'ennuie, on fait pendre les gosses pour un quignon de pain entre deux livraisons de reblochon et quelques rasades de Mondeuse. L'Église est horrifiée mais le seigneur de Saint-Jean de Maurienne, descendant de Gondran le Burgonde, ne rigole pas assez pour raccourcir l'âge limite d'exécution à six ans et demi. Les gosses seront donc pendus, dès la première section de maternelle, pour éradiquer le crime à la racine. En Occitanie, il faut déjà gérer les rebeus turbulents qui remontent la Costa Brava pour tenter de faire des go fast de Coran à Perpignan. Heureusement, la guardia civil de Pelage le Conquérant commence déjà à faire tomber deux trois têtes du réseau pour calmer les blédards qui font trop les fifous en Castille et en Aragon. Toutes les régions sont traversées de petites guerres privées territoriales qui résignent les populations au malheur.

Comme je vous le racontais plus haut, l'Église, très proche du peuple, intervient donc auprès des différents gros seigneurs de l'époque pour faire des réunions à ciel ouvert, notamment dans la région du Massif central, dans le Limousin et dans le Poitou, afin d'exhorter la noblesse à la paix. Ce mouvement prend toute sa dimension dans le contexte de la peur du passage à l'an mil. On va changer de millénaire et les légendes prétendent que Satan va venir sur terre répandre violence et désordre. Ces croyances populaires sont accrues par ce que le peuple voit autour de lui depuis trois siècles, les invasions vikings, les guerres entre Francs, Lombards, Vandales et Wisigoths, la mortalité à dix piges, les rixes entres carolingiens et disciples de Mahomet en scoot T-max. Et au milieu, le pauvre paysan qui essaye de se moissonner sa petite galette d'avoine, entre mauvaises récoltes et givre, pendant que douze Normands font une tournante avec sa femme et que le percepteur des impôts frappe à la porte le quinze du mois. Au crépuscule du premier millénaire après Jésus-Christ, les paysans sont au bout du rouleau, alors pour adoucir les mœurs, les abbayes organisent de grandes processions où l'on expose les reliques des saints au peuple pour générer un peu de réconfort. L'époque est tellement violente que voir l'orteil de Saint Maurice, c'est comme se faire un ciné au futuroscope en 3d Full HD 24k ready, son THX Dolby Surround. L'engouement pour ces processions est tel que ces dernières réunissent tous les segments de la société médiévale. C'est au cours de ces grandes réunions du Xe siècle que le peuple va pouvoir, par l'entremise de l'Église, faire comprendre aux seigneurs que le rythme de violence commence à être fatigant. C'est donc au concile de Charroux, le 1er juin 989 que le mouvement commence à devenir sérieux et structuré. Suivent plusieurs conciles déterminants sur le territoire. À Narbonne en 990, au concile du Puy en 994, à Limoges en 998 puis Poitiers vers 1010 où on avait trop pris l'habitude de régler les conflits de voisinage au marteau. Le paroxysme de ce mouvement sera atteint à Toulouges en 1027 sous la forme de la « Trêve de Dieu ». La plus importante abbaye de France, Cluny, va étendre ce mouvement grâce à son influence grandissante sur tout le territoire de Francie. Cette manœuvre de paix reste relativement *thug* puisque Guy d'Anjou, soucieux de fabriquer un pacifisme hétérosexuel, force ses paroissiens à faire la paix sous la menace des armes dans un gigantesque « réconciliez-vous ou je vous encule un par un ». Ce mouvement se renforce par plusieurs mesures très concrètes. Déjà, on arrête les viols et la guerre pendant les fêtes de Noël, pour Pâques, et toute autre fête religieuse le temps que les gosses mangent quelques fruits secs, entre deux raids de Normands. Ensuite, si vraiment on veut se faire la guerre, on attend les trois jours de la semaine autorisés par l'Église. Du mardi matin au jeudi soir la permission de niquer des races en grand nombre est donnée. Dès que la nuit tombe le jeudi, on suspend le massacre jusqu'à mardi prochain par respect pour Jésus, que toute cette violence fait pleurer. Ensuite on fabrique plein de lois pour éviter que le paysan trinque en permanence. Trente pas autour de l'Église, interdiction de massacrer qui que ce soit, interdiction aussi de buter les mules que les laboureurs ont laissées au-dehors de l'église, interdiction de faire pendre des gens sans un minimum de procédure judiciaire, constitution de tribunaux, moralisation des chevaliers : « Non, Gontran le Valeureux , tu peux pas faire brûler quatre-vingts paysans pour niquer les récoltes d'un seigneur rival en faisant des trous dans sa main-d'œuvre. »

Mais malheureusement, certains seigneurs très minoritaires ne se prêtent pas au jeu. Ils affirment ne pas craindre l'excommunication et continuent à violer et à tuer les jours où c'est interdit. De ce fait, le clergé décide de créer sa propre force d'intervention en recrutant une justice league composée de seigneurs, de chevaliers et de simples fidèles pour aller dompter les racailles récalcitrantes. C'est le cas en 1031 où le vicomte de Bourges, accompagné de ses Avengers, assiège le château de Bennecy au nom de la Trêve de Dieu. Les mecs veulent tellement installer la paix qu'ils incendient le château où s'étaient réfugiés mille-quatre-cents paysans affolés qui périssent brûlés vifs, dans un incendie censé rendre le monde plus tranquille. André de Fleury, écœuré par ces justiciers qui butent à l'aveugle, fait le récit peu flatteur de la troupe de mongoliens responsable du massacre.

La nouvelle se répand, et par un coup du sort, alors que la justice league s'attaque au seigneur de Déols, ce dernier les anéantit par une ruse de génie. Alors que les Avengers approchent avec leur armée de justiciers, le seigneur, plein de ressources, fait monter tous ses hommes à pied sur toutes les bêtes qu'ils trouvent : bœufs, mulets, bourriquets, chèvres, etc. De loin, les justiciers pensent avoir affaire à une puissante armée de cavaliers, alors pris de panique, ils tentent de s'enfuir par la rivière du Cher, qu'ils avaient traversée peu avant avec moultes précautions. Là, les voyant se noyer et errer en désordre, le seigneur de Déols les fait massacrer sans la moindre forme de pitié, du premier jusqu'au dernier. Le mouvement, discrédité, ayant perdu sa philosophie première, va rapidement mourir pour laisser à nouveau la place au medieval game dans toute sa splendeur. En effet, comme on ne peut pas empêcher la violence, autant que les seigneurs belliqueux aillent éclater deux ou trois Sarrasins en Terre sainte, pour qu'ils arrêtent de taquiner nos pèlerins qui transitent en territoire halal. Ça va s'appeler les croisades, et tu vas te régaler que je te les raconte dans quelques pages, espèce d'enculé !

LES CAGOTS

Nous sommes en l'an mil, le multiculturalisme, la liberté de genre sexuelle, et « la diversité » n'ont pas encore été imposés aux populations autochtones du royaume de France. Partout, il y a donc deux mondes qui cohabitent sans vraiment se croiser : les « gens normaux » et le reste de l'humanité.

Ainsi donc, le lépreux, le Gitan, le cagot, le caqueux, le Juif, le bossu et autre jongleur itinérant sont ostracisés de façon plus ou moins dure dans les sociétés médiévales. Dans cette séquence, nous nous pencherons sur le cas le plus représentatif et le plus violent de l'exclusion sociale, les cagots.

Les cagots sont un grand mystère de l'histoire de France, ils apparaissent au XIIIe siècle, de part et d'autre des Pyrénées, dans les archives de Navarre et vont réapparaitre de-ci de-là dans les condamnations judiciaires ou dans les chroniques de Jacques 1er le Conquérant, en Aragon. Et cela de façon systématiquement négative. On sait que ces groupes étaient disséminés dans tout le sud de la France et dans le nord de l'Espagne, mais aussi sous d'autres noms en Bretagne et dans les Alpes. De nombreuses théories, plus ou moins sérieuses ou fantaisistes, ont circulé sur l'identité et la nature des cagots. Créatures surnaturelles, cathares en fuite, extraterrestres, on sait de manière sûre qu'ils sont surtout assimilés à la peur de la lèpre. En l'an 1200, il n'y avait pas un fils de pute de médecin Doctissimo à chaque coin de rue pour expliquer au paysan lambda la raison qui fait que tel mec a les doigts palmés, et que tel autre pélo a une jambe plus courte que l'autre. On prenait ces handicaps pour l'œuvre du Diable, ou pour un châtiment divin que l'on imposait aux fils de pécheurs pour expier la faute de leurs parents. Naître bossu, c'était soit être la pauvre victime innocente du Diable, soit être l'enfant de la plus grosse pute adultère tailleuse de pipes du village. De ce fait, il suffisait de choper un staphylocoque un peu dégueulasse et violet sur le coin de la gueule, pour que le premier fifou venu décide que vous portiez la marque du Malin et que vous deviez quitter le village, ou être chassé de votre domicile. En ces temps reculés, la peur de la maladie était telle que le moindre suspect de lèpre ou de cancer du groin était chassé du hameau où il vivait et forcé de porter un tissu en forme de patte de canard, jaune ou rouge, cousu et bien visible sur sa tunique ou son vêtement de travail. Ne me demandez pas pourquoi une patte de canard et pas autre chose, mais je pense que cette idée a dû être produite par un grand intellectuel, comme en produisait en masse le Sud-Ouest, qui devait déjà être à huit grammes à 14 heures. Quoi qu'il en soit, ces rebuts, présumés contagieux, vont se regrouper en petites communautés fixées aux abords des villes. Ils vont trouver un moyen de subsistance en exerçant les métiers en relation avec le bois ou le métal, car on considérait ces éléments comme étant peu propices à la contagion. Dès lors, identifiables par les lieux qu'ils habitent, les métiers qu'ils exercent et la marque distinctive qu'ils portent, les cagots vont devenir des victimes ambulantes pour le reste de la société. Partout où ils sont, on leur fait vivre des trucs ultra-violents à chaque instant de leur journée. D'abord, ils doivent habiter les marécages ou les terrains non cultivables à l'extérieur des remparts. Ensuite, ils doivent rentrer dans l'église par de petites portes latérales qui les forcent à s'accroupir pour accéder à l'édifice religieux. Interdiction absolue de passer par la grande porte ou de se mêler à la foule comme si c'était une pub *United Colors of Benetton* à la gloire de la tolérance et du mélange. Non, le cagot doit rester dans un coin de l'église pour ne pas heurter la sensibilité du petit peuple par son aspect hideux. Une fois sorti de l'église en s'accroupissant une deuxième fois comme la dernière des serpillères, il doit marcher vers la ville avec l'obligation de ne pas se déplacer pieds nus ou sans capuche pour être le moins visible et contagieux possible. À la fin du XIIIe siècle, plusieurs seigneurs font appliquer de très violentes sanctions pour punir le cagot qui enfreindrait la règle sacrée de ne pas exister trop fort. Marcher sans chaussures est puni par l'enfoncement d'un clou en fer forgé chauffé à blanc dans la voûte plantaire ; il lui est également interdit de boire à la fontaine publique, il doit s'abreuver dans les bacs pour les bestiaux ou dans de petites fontaines à l'extérieur des villes... Eh oui, le Moyen Âge n'a pas le temps de faire respecter la loi par des éducateurs spécialisés du siècle de la pédagogie laxiste. Non, là on a un budget limité pour lutter contre la grande criminalité (ne pas porter de pompes) alors on fait l'impasse sur le social et on va taper direct dans la sanction traumatique. Si le cagot doit porter ses chaussures par obligation légale, il doit aussi posséder une petite baguette de bois, pour montrer ou désigner les éventuelles denrées alimentaires qu'il voudrait acheter au marché sans pouvoir les toucher au préalable. Il est considéré comme tellement contagieux qu'on lui interdit le moindre contact cutané avec la moindre baguette de pain avant de l'avoir achetée. Enfreindre cette interdiction, c'était s'exposer à la violence de la loi telle qu'on la concevait six siècles avant la convention de Genève. On lui clouait les mains sur une planche de bois qu'il devait porter au-dessus de sa tête, en faisant des tours dans la ville pour expliquer aux autres cagots que tenter de niquer la loi c'était payer l'addition immédiatement et publiquement. L'isolement était tel que les cagots avaient l'obligation de se marier entre eux pour espérer tirer une crampe ou fonder un foyer. Par un immuable cercle vicieux, les communautés multipliaient les mariages incestueux, faute de choix. Ainsi donc, dans le Béarn, les cagots devenaient toujours plus difformes et mongoliens au fur et à mesure que les générations d'une même famille se mariaient entre frères et sœurs, sans renouveler le patrimoine génétique. Après quatre ou cinq générations à s'enculer entre frères et sœurs, les cagots commencèrent à ressembler à un hybride entre Tyrion Lannister et n'importe quel Ewok à faciès de chouette de *Star Wars*. Le physique n'était pas le seul à pâtir des dégâts de la consanguinité. Plus on avançait dans le temps, plus le handicap mental faisait des ravages dans les communautés de cagots. Cette cascade de cause à effet alimenta le mythe et renforça l'exclusion de ces groupes de parias. Bientôt, ils finirent par coller aux mythes qu'on leur avait inventés au fur et à mesure de leur isolement. Les cagots devinrent blafards, hydrocéphales, petits et difformes, isolés du reste du monde, ils parlaient des patois d'occitan ou de basque aux humains qui les croisaient. Voir un cagot devenait une aventure en soi, on le regardait baver et pousser des cris bestiaux comme s'il était un figurant anachronique de *La Soupe aux choux* perdu dans un siècle où la seule promesse d'échange culturel qui lui était faite était de lui enfoncer des clous 3XL dans les paluches ou dans les panards, si cet enculé avait l'audace d'oublier ses Reebooks à la maison. On les encourageait aussi à orner leurs maisons de pierres représentant des monstres ou des visages difformes pour signaler, toujours plus en amont leur place de sous-homme aux voyageurs et cavaliers qui passaient à proximité des cloaques dans lesquels ils étaient parqués. En 1286 on était encore loin des *Solidays* où les artistes se regroupent pour aider les malades du VIH. Non, l'ambiance n'est pas à la solidarité avec les malades. En pays catalan, les cagots (appelés agotes ou cagarotes en castillan), ne sont même pas couverts par la protection de l'Église. Les piétons et autres mercenaires qui sillonnent les villes les décapitent ou les molestent pour tuer l'ennui. On se fait un cagot à la masse à ailette quand on a bu une outre de vin de trop. Aucune association ne se lève pour empêcher cela, il faut survivre et personne n'en a quelque chose à foutre de prendre de son temps pour aller sauver trois ou quatre cyclopes consanguins atteints de nanisme. La violence est totale et la tolérance est sur répondeur. Personne n'arrive à la joindre alors on continue à faire du sale avec les nabots aux bords des villes sans se mettre Jésus-Christ à dos.

Je n'ai jamais dit que le Moyen Âge était parfait... Cependant, cette violence n'est pas le lot perpétuel de cette communauté maudite. Rapidement, quelques cagots décident de sortir les leurs de cet enfer par la maîtrise de plus en plus rigoureuse des rares métiers qui leur sont autorisés. Ainsi donc, beaucoup d'entre eux deviennent de loin les meilleurs charpentiers et forgerons d'Occitanie. Ils sont de plus en plus demandés par les seigneurs ou l'Église pour la construction de châteaux, de chapelles ou de riches demeures.

Certains d'entre eux, une minorité, s'enrichissent et se payent même le luxe de faire hausser les prix de leurs prestations en période de forte demande. Face à cette reconnaissance progressive d'un véritable savoir-faire, la loi va évoluer afin de leur garantir une ségrégation plus douce, et même une certaine souplesse, qui permettra leur assimilation partielle avant que les derniers d'entre eux ne disparaissent à la fin des années 60 du XXe siècle. Les cagots, au gré de leurs déplacements, auront laissé la trace de leur passage sous de nombreuses appellations. En Bretagne, on les appelle caquets, caquins ou caqueux, ils seront les ladres et les gaffets en Aquitaine. Au Pays basque, on les surnomme les cascarotes. En Navarre, ils seront les agotes. Les cagarones en Aragon. En Pays toulousain, on les désigne sous l'appellation de chrestia, ou chrestians. Dans les Alpes, le manque de respect atteint des sommets vertigineux avec la domination ultime de « crétin », le fameux « crétin des Alpes ». Ce que nous dit ce bouquet garni d'appellations péjoratives, c'est que chaque petit coin du royaume tenait à faire valoir sa spécificité culturelle linguistique, en adoptant sa propre manière de traiter son nain lépreux de fils de pute. Imaginez un peu la détresse psychologique du paria, quand il se mettait à comprendre que le pays dans lequel il vivait avait inventé quarante-huit manières de lui expliquer qu'il était une sous-race indésirable. Essayez d'imaginer l'existence misérable de ces communautés d'handicapés mentaux dans une société où l'on clouait les chouettes aux portes.

Imaginez la tension et le traumatisme quand leurs semblables en fuite leur colportaient les récits effroyables des descentes de mercenaires dans leurs villages. Des soldats de métier, forgés par des années de rapine, de batailles, de sacs et de viols qui entraient saouls et en groupes dans les villages de cagots pour se livrer à de longues heures d'exactions sanguinaires et de mutilations. On entendait les chiens aboyer, on se réveillait en sursaut, on tentait naïvement de trouver une cachette dans une maison de quelques mètres carrés, puis le vent de l'Apocalypse se levait en quelques minutes pour balayer des vies entières par de violentes purges criminelles, où l'on redoublait d'ardeur à souiller le concept même du vivant. Pas de caméras ou de documents photographiques pour témoigner de l'horreur des massacres, pas de communautés internationales qui se mobilisent pour aller sauver quelques vies de semi-trisomiques dans une décharge médiévale. Pas de Croix rouge ni de journaliste chevalier blanc de l'information pour garnir le JT de 20 heures de « dénonciation de l'injustice ». Non, rien de tout cela. Au Moyen Âge, la violence est une affaire d'intimité, presque un contact charnel. On sent l'haleine et la transpiration de celui qui vous déchire les tripes, on jauge de sa force quand il vous a enfoncé son fauchon dans la cage thoracique.

Au Moyen Âge, donner la mort, comme la recevoir, se passe dans le même cercle de proximité qu'il faut à un nourrisson pour téter sa mère.

~~LA PREMIÈRE CROISA~~... LA BAGARRE !

La paix de Dieu a fait son œuvre. Les seigneurs ont calmé leurs rivalités, et après cinq siècles d'invasions barbares sanglantes, de guerres intestines et de violence gratuite, la Francie semble pacifiée et même connaître une forme de prospérité depuis les grandes réformes capétiennes. Cette nouvelle dynamique en Occident nous rappelle donc que si on arrête d'étriper le voisin, il devient tout d'un coup très possible d'aller regarder un peu plus loin s'il n'y a pas quelqu'un de plus méritant à aller tartiner.

C'est alors que les nouvelles d'Orient arrivent en Europe. Depuis l'expansion du kebab hors d'Arabie, on constate que les pèlerins et autres chrétiens d'Orient commencent à se faire emmerder et esclavagiser par la bande à Bilel. On sait aussi que l'islam n'est pas venu pour négocier, puisqu'il met l'Espagne à feu et à sang depuis bientôt quatre siècles. Pas encore en grave échec civilisationnel, technique, moral, intellectuel, économique, religieux, sociétal comme aujourd'hui, les musulmans sont à la pointe de plusieurs domaines en ce premier siècle de l'an mil. Ils ont traduit nos anciens écrits grecs, ont bénéficié de la science et de la culture perses et commencent à se dire que le monde entier va bien finir par se convertir au trésor du djihad. Manque de bol, le pinard et la bière n'ont pas encore été remplacés par des boissons de « tantoufles », et le cochon prend une part non négligeable de l'alimentation en terre chrétienne. La République n'a pas encore émasculé le christianisme et l'Européen n'est pas encore ce lâche qui a peur de mourir pour défendre sa culture. Résultat des courses, en novembre 1095, le pape Urbain II, qui commence à avoir envie de voter Milosevic, amène sa fraise en Auvergne. Il convoque tous les seigneurs un peu déter du royaume à le rejoindre sur la plus haute montagne qui entoure Clermont-Ferrand, pour leur communiquer une consigne qui va être appliquée pour les trois prochains siècles : on va aller niquer du Sarrasin en Terre sainte parce que « y en a marre des Arabes ». Le nombre de spectateurs est tel que le discours du pape va traverser montagnes et plaines en un éclair. Partout en France, on s'exhorte à s'équiper en matos pour prendre la route de Jérusalem. Si t'as une épée, plante-la dans un Sarrasin, si t'as un morceau de bois, frappe un Sarrasin, si t'as des dents, mords un

Sarrasin. La consigne est claire, il faut mastiquer de l'Arabe pour aller au Paradis. Tout l'Occident se met en branle, alors que quelques Français et quelques Allemands rejoignent les Espagnols pour faire le ménage en Hispanie, la grande majorité répond à l'appel du pape Urbain II, pour aller transformer la Terre sainte en guerre de Yougoslavie. Les femmes se mettent à coudre les étendards pour leurs époux, les chevaliers, seigneurs et piétons se mettent en marche pour gagner leur petit bout d'absolution promise par le pape. Éclater une gueule, c'est faire plaisir à Dieu, alors tous les *à-côtés de l'éclatage de gueule* se mettent en branle. Les forgerons améliorent leurs techniques et se mettent à produire du matos de professionnel. Menuisiers et bûcherons s'activent pour fournir le bois qui servira à transporter tout ce petit monde sur la rive sud de la Méditerranée. Les armateurs se gavent comme Depardieu au buffet à volonté. Les seigneurs dépensent des sommes astronomiques pour se mettre en marche pour la croisade. On voit des colonnes entières quitter l'Europe pour aller reprendre le tombeau du Christ, que les Turcs viennent de prendre aux Arabes. Un peu partout, on construit des tavernes et des camps pour gérer cette marée humaine qu'il faut étancher en vin et revigorer en potages. Les putes et souillons affluent des quatre coins d'Europe pour aller dégorger des poireaux à la chaîne sur les routes du Salut. L'aventure est folle, on se fait tailler des plumes sur le foin, puis une fois soulagé, on reprend sa quête chrétienne vers le Saint-Sépulcre. Les types traversent l'Italie sur les conseils des prédicateurs qui leur montrent la route sur le chemin, en insistant bien sur l'aspect *ratonnade* de leur quête. Alors qu'ils prennent le bateau pour la première fois, dans les cales de leurs navires, alors qu'on vivait une vie entière dans un rayon de cinq à trente kilomètres, on se retrouve à traverser le monde pour aller se battre contre des gens qu'on imagine être presque des créatures mythiques. Dans la tête d'un paysan ou d'un chevalier de l'an mil, un Arabe ou un Turc c'est la bestiole d'*Independance Day* avec un turban en fait. Visiter l'Arabie, c'est se faire un *Space Mountain* sous acides. Parler à un Arabe, c'est avoir une conversation du troisième type. Entendre un Salam Aleykoum, c'est devenir instantanément un figurant de *La Soupe aux choux*. Les premiers contacts en Terre sainte sont d'ailleurs désastreux, les chrétiens déboulent dans un pays qu'ils ne comprennent pas et se mettent en mode chirurgie dentaire à la Ceausescu. Les chroniqueurs et témoins de l'époque, qu'ils soient chrétiens ou musulmans, font des récits cauchemardesques des premières « escarmouches » chrétiennes en Terre sainte. Il faut imaginer des Lolo Pons, des Depardieu et des Hafthor débarquer au Liban les couilles pleines et le ventre vide, puis d'y découvrir le Moyen-Orient, alors qu'ils évoluaient dans le même crottin de vache depuis quinze générations. Leur pape leur a dit que les méchants parlent arabe, alors les types fracassent des villages entiers pour un « starfoullah » de travers. Raoul de Caen, témoin du massacre de Maarat, dépeint des scènes de cannibalisme où l'on embroche vifs des enfants pour les faire rôtir sur la place du village. Le but étant de faire comprendre aux disciples de Mahomet que l'heure n'est pas encore aux douceurs du bien-vivre-ensemble. Dans le même temps, on entend que la tentative de coloniser l'Espagne est un échec de plus en plus sanglant pour les troupes orientales, qui se font punir en Castille. Persuadés que c'est un signe de Dieu en faveur des chrétiens, les croisés d'Orient se fanatisent encore plus et redoublent de violence, pour eux aussi gagner en prestige. À partir de là, c'est la Mongolie. Car il faut distinguer les deux phases de la première croisade. En effet, les tout premiers à partir, avant même que le pape n'organise la mise en marche des barons furent les « gueux ». Enthousiasmés par les paroles du Saint Père, harangués par le charismatique Pierre l'Ermite, encouragés par le chevalier au RSA « Gauthier Sans Avoir », convaincus que le Christ était mort quelques années avant leur naissance par ignorance historique, les gueux se mirent en marche sans armes ni ravitaillement pour aller éclater les Turcs, sans même savoir où ils se trouvent. Désorganisés, rapidement affamés, ils viennent à manquer gravement de nourriture et se retrouvent à saccager des villages de Juifs ou de paysans italiens pour se grailler un quignon de pain avant d'aller choper le ferry à Messine. Les populations des contrées qu'ils traversent se rebellent et les massacrent quelquefois. Pêle-mêle, en désordre total, ils finissent par arriver chez les chrétiens de Byzance, qui n'en reviennent pas de voir ces bataillons de clodos affluer pour en découdre avec les Turcs. Alexis Ier, alors empereur de Byzance, essaye pédagogiquement d'expliquer à cette bande de forains qu'il vaut mieux attendre la véritable armée croisée avec seigneurs et chevaliers. Les gueux, cette bande de manouches, décident d'y aller quand même par envie de faire plaisir au pape. Alexis Premier, fatigué de stocker tous ces gitans sur le parking de Byzance, décide de leur faire traverser le Bosphore. Une fois débarqués sur place, persuadés de leurs victoires, ils se mettent en ordre de bataille pour marcher sur Nicée. Les Turcs font sortir deux escouades d'archers de la ville et anéantissent tous les gueux en vingt minutes. En 1096, la deuxième phase de la première croisade se met en marche ; contrairement à « la croisade des gueux », « la croisade des Seigneurs » n'est pas là pour faire dans la dentelle de tarloufle, elle a un compte à régler avec les loukoums et elle va mettre la Terre sainte en position « djellaba-free », sans dépassement d'honoraires. Dans la *dream team* que constitue cette première croisade, on compte presque tous les chevaliers prestigieux du XIe siècle. Hugues de Vermandois, frère du roi de France, part avec Robert Courteheuse, qui n'est rien de moins que le fils de Guillaume le Conquérant, depuis le nord de la France. Pour les régions du Rhin et de la Meuse, le casting de burnes explose avec Godefroy de Bouillon et son frère Baudouin de Boulogne. Les deux monteront d'ailleurs sur le trône de Jérusalem, pour mettre un peu leurs couilles sur le visage chafouin de leurs ennemis au croissant de lune. Dans le Midi, la violence explose avec le départ du gros et méchant comte de Saint-Gilles, qui a passé les dix dernières années à aller débourrer gratuitement des Sarrasins, en Espagne pour le plaisir de se faire des week-ends sympa à l'étranger. C'est-à-dire qu'au même moment où l'humanité entière cherche à survivre en braconnant des lapins avec la boule au ventre pour fuir la guerre, le comte de Saint Gilles, qui s'ennuie un peu en temps de paix, fait des expéditions d'alphas pour aller vider toutes les CAF et les Pôle emploi d'Espagne parce que la langue arabe le stresse un peu.

Les Normands qui squattent l'Italie, partent aussi au charbon. Hier après-midi ils adoraient encore Odin et Thor, et voilà qu'aujourd'hui, christianisés, ils vont déménager du kebab pour la gloire du Christ en toute décontraction. Menés par le guerrier rusé Bohémond de Tarente, les Normands comptent aussi dans leurs rangs le jeune Tancrède de Hauteville. Un type tellement déter qu'il sera le premier à planter sa bannière sur les hauteurs de Jérusalem, pour expliquer aux adeptes de Mohamed que si les Normands tournent au calva, c'est pas pour faire des guerres de « tantoufles » avec des sièges qui durent dix piges. Forts d'un casting à la *Expandables*, les croisés décident que la première croisade, ça va être *Predator*, mais sans la poudre à canon de tantifle qui gâche le plaisir des massacres au corps à corps. Tous ces capitaines et leurs chevaliers finirent donc par arriver à Constantinople, trente à quarante-mille environs, ce qui constitue un véritable évènement, *sans précédent* pour l'époque. À Byzance, les croisés se disputent entre eux pour s'attribuer le commandement de l'armée chrétienne. Bohémond de Tarente, en digne descendant Viking, va encore plus loin dans la mongolie quand il propose de carrément piller les Byzantins et leurs richesses pour amortir le coût du voyage. Godefroy de Bouillon, intègre et plein d'honneur, refuse catégoriquement de se battre contre autre chose que des infidèles. Les Normands, conscients d'avoir fait les trisomiques, se descendent un ou deux litres de Pommeau et finissent par se calmer sur leur soif de cambriolage à grande échelle. Les croisés décidèrent donc, malgré leurs dissensions, de confier le commandement à Godefroy de Bouillon pour mener la troupe vers Jérusalem. À Nicée, la ville qui avait vu la triste fin des gueux un an auparavant, les croisés font catapulter les têtes des Turcs qu'ils ont capturés hors de la ville pour expliquer que l'ambiance « *pray for Paris* » n'est pas encore au programme. Comme personne n'est encore *Charlie*, la cité tombe facilement aux mains des croisés qui font jeter deux ou trois Turcs du haut des murs de la ville en les traitant à tort de « sales Arabes ». Surtout parce que pas un pélo de l'armée du Christ ne fait encore la distinction entre les déclinaisons d'infidèles qu'ils massacrent. Turc ? Arabe ? Perse ? On tombe rapidement d'accord sur la conclusion suivante : si ça parle dans une langue qui sent le curry madras, ça fait un tour en deltaplane depuis le haut des remparts pour aller prendre l'air quinze mètres plus bas. Aussi simplement que ça.

Une fois la ville de Nicée prise, la marche vers Jérusalem peut commencer. Les croisés se mettent en route pour franchir huit-cents kilomètres de désert, ils ne connaissent pas les points d'eau et sont harcelés en permanence par les tribus bédouines qui jouissent d'une grande mobilité, grâce à leurs chameaux T-Max deux-cent-vingt-cinq mètres cube. Les croisés meurent plus de la soif que des escarmouches bédouines. Fatigués, amoindris, ils arrivent devant Antioche pendant l'hiver 1097. Sous-alimentés, en proie aux maladies, les croisés se heurtent aux défenseurs d'Antioche qui vont tenir leurs villes pendant huit mois. Pour ne rien arranger, ils apprennent la venue d'une armée de Turcs nombreuse et déterminée. Quelques « tantifles » fuient devant la menace mais la majorité des croisés, confiants en Dieu, décident de redoubler d'efforts pour prendre la ville avant leur arrivée. Miraculeusement, ils parviennent à le faire à temps... Peu après, un pèlerin chrétien affirma aux croisés que Saint André était venu lui parler dans ses rêves, pour lui révéler où était cachée la lance qui avait percé le flanc du Christ. Elle serait là, juste à la portée des croisés, dans l'église Saint-Pierre d'Antioche, sous une dalle de l'église. On fit soulever les carreaux de pierre du sol avec frénésie et on y fit creuser quelques centimètres jusqu'à trouver une lance, la lance sacrée de Longinius, le légionnaire Romain qui avait ouvert les côtes du Christ ! L'assemblée devint folle, ce cadeau de Saint André était la preuve ultime que Dieu avait donné sa bénédiction à l'armée des croisés pour aller buter encore plus d'*infidèles*. Grisés par leurs victoires, ils décidèrent d'aller affronter cette fameuse armée turque en marche pour Antioche sous la commande du chevalier normand Bohémond de Tarente. Là les types étaient au max de leur testo, convaincus d'être validés par le Très-Haut, persuadés d'être invincibles. Les Turcs se retrouvent à affronter une armée de fous furieux dirigée par un Viking solide vétéran de huit batailles, qui devait ressembler à un mix entre Anders Breivik et Jérôme Le Banner. Autant te dire que, niveau tolérance, on a pas eu la moyenne même au troisième trimestre. La bataille est un massacre, Bohémond décapite soixante mecs devant son armée, sous ce LSD si spécifique que produit la foi véritable chez les vrais croyants. Les mecs sont tellement à bloc d'adrénaline sacrée que ça crée une espèce de cercle vertueux. Plus les croisés s'affairent à tuer les musulmans, plus les musulmans meurent. Plus les musulmans meurent, plus les croisés en tuent, persuadés que Dieu leur donne la force d'envoyer la sauce. Alors la boucherie continue et continue jusqu'à ce que tous les Turcs aient crevé. Les mecs étaient tellement à bloc que certains d'entre eux n'avaient même pas senti qu'ils avaient une entaille de quarante-cinq centimètres dans le thorax. Car à cette époque, croire véritablement en Dieu équivaut à tourner avec dix Redbull par heure en termes de sensations cardiaques. Quelques-uns s'écroulent, mais les autres, repus du massacre, contents d'avoir gagné une ou deux éternités au Paradis, retournent à Antioche pour finir le taf. Tarif ? Deux semaines de pillage et de gifles dans la gueule pour faire comprendre aux infidèles d'Antioche que dans le cochon : tout est bon ! Le climax final de toute cette joyeuse boucherie étant que la lance avait été en réalité achetée par Raymond de Saint Gilles à un brocanteur du coin, puis planquée par ce même bon vieux Raymond sous la fameuse dalle de l'église. Sacré Raymond, vingt-mille morts pour un poisson d'avril, c'est vraiment pas un score de fils de pute. Traumatisés par le niveau de violence des croisés, les Turcs se retirent à Jérusalem en rêvant de Behamond le Normand la nuit jusqu'à en tremper le lit. Grisée par toutes ces aventures à base de décapitations et de reliques sous les parpaings des églises, la lourde armée croisée se met en marche pour aller vérifier combien de rythmes cardiaques on peut aller interrompre définitivement à Jérusalem.

Douze-mille hommes se mettent donc en marche vers la ville sainte du futur Israël. En l'apercevant, ils tombent à genoux et se mettent à pleurer, eh oui, tu pleures quand tu vois la ville de Jésus alors que t'as sectionné soixante troncs cérébraux sur la route pour t'y rendre. La magie du système de valeurs médiéval. Entretemps, les musulmans, fidèles à leur trajectoire structurelle, sont entrés en conflit les uns avec les autres. Pendant que les Turcs étaient en train de se faire bizuter par la team du Havre, les Fatimides égyptiens sont venus leur faire un coup de pute en leur volant Jérusalem comme de vulgaires racailles de la bande à Morsay. Godefroy de Bouillon convoque des ritals pour qu'ils lui fabriquent des machines de siège pour prendre Jérusalem. Les Fatimides, en état de stress, voient une centaine de Joe Pesci avec des têtes de calabrais violents, scier des planches de bois pour fabriquer des engins de siège, afin de niquer la bande à Tariq Ramadan en déposant douze-mille croisés sur le râble de quelques milliers de défenseurs. Le khalife fatimide, inquiet de voir les Français s'équiper chez Lamborghini, tente de négocier ~~le prix d'un tapis~~ une issue pacifique avec Godefroy de Bouillon, en lui promettant que cette fois-ci, plus aucun pèlerin chrétien ne sera égorgé en Terre sainte. Peu convaincu par la promesse d'un Arabe qui dit « wallah » (quel enculé ce Godefroy...) le chef des croisés décide de lâcher un « non merci, je préfère le démonter » aux émissaires du khalife. Le siège s'engage et dure quarante jours pendant lesquels les chrétiens se nourrissent de harangues, et de privations diverses, qui ne font que renforcer leur ardeur à venger les milliers de chrétiens assassinés et chassés de leurs terres par les envahisseurs islamiques. Le 15 juillet, Godefroy et Tancrède, accompagnés de leurs chevaliers, rentrent dans la ville pour y « remove » tous les « kebabs » qui s'y trouvent. Comme à Antioche, peu de monde est motivé pour se casser le cul à appliquer la convention de Genève. Halluciné, Raymond d'Aguilers témoigne de cette descente mémorable de la sanction divine sur les cailleras qui voulaient privatiser le tombeau du Christ :

« On vit alors des choses jamais vues. De nombreux infidèles furent décapités, tués par les archers ou contraints de sauter du haut des tours. D'autres encore furent torturés puis jetés dans les flammes. On pouvait voir dans les rues des monceaux de têtes, de mains et de pieds. On chevauchait partout sur des cadavres. Ce fut un tel massacre dans la ville que les nôtres marchaient dans le sang jusqu'aux chevilles. Les croisés pillaient à satiété : ils parcouraient les rues, entraient dans les maisons, raflaient or, argent, chevaux, tout ce qu'ils trouvaient... »

Autre petit trésor de la première croisade, les ouvertures de ventres à la chaîne. En effet, une rumeur tenace prétendait que face à la déferlante de chevaliers chrétiens, les marchands musulmans de la ville avaient avalé or et pierres précieuses pour être certains de ne pas se faire détrousser. Les Francs, en interdit bancaire depuis longtemps, ne cracheraient pas sur un petit à-côté pour finir le mois avec autre chose que des nouilles chinoises. Alors ils commencèrent à étriper les marchands de Jérusalem pour trouver dans quelle partie de leurs intestins ces enculés de cachotiers avaient bien pu planquer leurs dinars. Les scènes sont apocalyptiques, les Francs se baladent avec leurs broignes couvertes de sang et purgent la merde des intestins de leur victime pour trouver d'éventuelles pépites ou pierres précieuses. Shclomp !!! Jet de bile et de merde liquide dans les airs puis au milieu des miasmes : un saphir qui scintille entre deux morceaux de tomate mal digérés ! Un guerrier franc le trouve, il s'écrie ! Le reste des chevaliers entendent son triomphe et décident eux aussi qu'ils ne quitteront pas Jérusalem avant d'avoir contrôlé tous les bides de tous les Maures de la ville. Eh oui, attaquer de pauvres pèlerins chrétiens n'était pas une bonne idée en ces temps où l'on savait fixer les limites. Il était temps de faire face aux conséquences. Et les conséquences, c'était des chevaliers normands qui se faisaient des colliers de tripes et d'intestins grêles pleins de doublons et de rubis. Une fois la taxe « cassage de couille » acquittée, la ville devint chrétienne, c'est-à-dire la même chose qu'une ville de Sarrasins mais sans besoin de se cacher pour aller aux putes, et du coup, d'enculer des chèvres. Le moment le plus mémorable de la prise de Jérusalem fut celui où les croisés gagnèrent la basilique édifiée sur le Saint-Sépulcre du Christ. Ils se mirent à pleurer, à se prendre dans les bras les uns les autres ; après avoir étripé la moitié de Jérusalem, la récompense divine. Poser ses mains là où le Christ fut ressuscité. Pour ses hommes de foi, la décharge en énergie vitale fut décuplée. On était prêts à se faire dix Jérusalem d'affilée dans la matinée, puis enquiller soixante-douze heures de croisade supplémentaire !

Fait honorable, alors que la ville est prise, tous les chevaliers qui ont vécu l'épopée de la première croisade aux côtés de Godefroy de Bouillon veulent absolument le consacrer roi de Jérusalem. Ce dernier, dans le pur esprit chevaleresque, refuse de « ceindre une couronne d'or là où le Christ a dû porter une couronne d'épines » et refuse de devenir le roi de ce qu'il avait pourtant conquis par les armes, les testicules et le sang. À ce moment de l'histoire, Godefroy devint un héros du panthéon français et une des plus grandes légendes médiévales. Celui qui était parti d'un petit coin de France à la fin de l'an mil, pour aller distribuer des cachous aux hérétiques, se trouvait maintenant à trois ou quatre mètres du tombeau du fils de Dieu. À quelques mètres à peine du tombeau de l'homme qu'on adorait avec ferveur depuis cinq siècles dans tout l'Occident chrétien. Imaginez la consécration pour de simples chevaliers européens du Moyen Âge, à une époque où voyager de quelques centaines de kilomètres était l'entreprise de toute une vie. Imaginez-les, ces Français d'avant, loin du lâche d'aujourd'hui, se reposer à l'ombre du Saint sépulcre, les yeux dans le vide, après avoir traversé un Vietnam médiéval de trois longues années de guerre contre des Turcs, des Égyptiens et des Arabes de toutes sortes de déclinaisons. Et toute cette grande violence en (récente) terre d'Islam, simplement pour aller toucher une pierre du Saint-Sépulcre et en gagner un souvenir brûlant, éternel et irradiant dans sa chair. S'abreuver de sable, de soif et de soleil, puis poser son front en larmes contre le tombeau des tombeaux. Celui qu'on essayait maladroitement d'imaginer, il y a quelques années, dans de petites chapelles aux quatre coins de France comme un artefact merveilleux. Imaginez-les, ces brutes épaisses, fondre en larmes devant leur Disneyland à eux, imaginez les gueules que devaient faire les mecs en descendant l'escalier du Saint-Sépulcre après y avoir passé quarante-huit-heures à chialer et à prier. Des golgoths en armures qui viennent de nettoyer la ville à la francisque, les yeux exorbités par le shoot de coke mystique, qui pleurent de faire la rencontre de Jésus alors qu'ils étaient encore à Nicée l'année dernière, à catapulter des têtes sur des remparts, pour expliquer aux Turcs qu'Erdogan qui fait le fifou avec la France, c'est pas pour tout de suite. Il faut vous imaginer, vous qui êtes nés à une époque où tout le monde gobe tout le monde, que l'Europe n'était pas l'urinoir à tiers-monde qu'elle est devenue aujourd'hui. L'Europe, ça voulait dire « saigner du nez » ; l'Europe, ça voulait dire se farcir des mecs de cent kilos qui se font la guerre depuis mille ans. Quand un Arabe pensait à l'Europe, il visualisait des massacres sous la pluie de novembre, avec zéro ouverture de la CAF prévue dans les neuf-cents prochaines années. Voilà, bande de merdes, de quoi étaient faits vos lourds ancêtres. À peine Jérusalem prise par les chrétiens, une armée de trente-mille Maures se chauffe pour venir la reprendre à la bande à Godefroy. Dirigée par un vizir fatimide du nom de Al-Afdhal, l'armée égyptienne prend position à Ascalon pour se préparer à massacrer les croisés. Par peur du conflit, le vizir envoie des émissaires discuter avec Godefroy afin qu'il se rende sans combattre, sous menace de massacrer tous les chrétiens de la ville. Godefroy, peu impressionné par les menaces de cette énième racaille en cheval T-Max, décide de « mettre un dos » aux émissaires et de sortir de la ville avec ses potes normands et occitans. Ils se mettent donc en marche vers Escalon pour aller mettre des balayettes à cette armée d'insouciants, qui ont confondu Jérusalem avec une MJC de Sarcelles sous Mitterrand où tout le monde a droit à la parole. La bataille se règle en trois petits quarts d'heure. Oui, car les croisés massacrent pas moins de dix mille kebabs-hérétiques sans lâcher le moindre « s'il te plaît » avant de faire fuir le reste, (les restes ?), de l'armée égyptienne dans le désert des humiliés.

Le désert des humiliés est un concept que les Orientaux connaissent bien puisque c'est le désert où se retrouvent tous les Arabes qui attaquent Israël en surnombre, et qui finissent par faire du camping en état de choc dans les mêmes putain de dunes d'où ils étaient partis en pensant qu'ils allaient prendre l'Occident, puis la mairie de Houston la semaine prochaine. Malheureusement, ça finit toujours par se partager une date à trois, en rêvant qu'un jour, Allah donnera aux Arabes la puissance pour détruire ces chiens de chrétiens et de juifs avec une technologie magique à base d'urine de chameaux.

Cette ultime bataille marquera la fin de la première croisade. Les seigneurs, avec plus ou moins d'avidité, se taillent des royaumes personnels aux quatre coins de la Terre sainte. Ce faisant, ils créent les États latins d'Orient, et y fondent les premiers chapitres de templiers, d'hospitaliers et autres confréries en charge de préserver la sûreté des routes de pèlerinage et d'y combattre les infidèles belliqueux. Cette première croisade sera la seule qui sera réellement fructueuse pour les chrétiens, et les nombreuses autres qui suivront perdront l'aspect légendaire de la première. Grâce à Dieu, ultime humiliation pour les Arabes, le seul mérite de la reconquête de Jérusalem reviendra à un Kurde, un certain Salahdin, noble rival de Richard Cœur de Lion. Mais ceci, est une autre histoire. Une histoire sur laquelle nous reviendrons, plus loin dans *Crépuscule des Titans*, en vous racontant comment Richard Cœur de Lion, se fera humilier par Guy des Barres, le chevalier français qui affronta en duel le roi d'Angleterre et le mettra à terre devant tous.

PARLONS UN PEU DE LOUIS VI LE GROS...

Louis VI le Gros est un capétien qui ~~règne~~ impose son style de 1108 à 1137 sur la Francie. On l'appelle « le Gros » ou « le Batailleur » car il est très gros et... batailleur !

C'est-à-dire qu'en fait le mec passe sa journée à s'enfiler du gratin de dindon et des rillettes de sanglier sur des tranches de pain d'un mètre cinquante, avant d'aller monter son cheval pour aller mettre des branlées aux seigneurs récalcitrants qui s'amusent à faire du brigandage en Île-de-France. Le type fait ça tellement souvent, que ça devient son nom de scène aux yeux de ses sujets, qui le récompensent d'un gratifiant « le Gros » juste après son blaze officiel pour expliquer aux futurs historiens que Louis VI est un roi comme les rois devraient tous l'être. Il bouffe, il vit, il rigole fort et il est chaud pour la bagarre dès qu'un enculé remet en cause les frontières de son *hood*. Il faut imaginer la façon de manger au Moyen Âge avant que Henri IV n'introduise une « étiquette » à la cour quelques siècles plus tard. Il faut imaginer un roi obèse comme un porc, les doigts graisseux plongés dans une tourte chaude, en train de bouffer la bouche ouverte et de mastiquer des cartilages de biche de cent kilos, pendant que ses valets le regardent avec respect. La graisse remonte jusqu'à ses bagouzes et ses manches, il y a autant de plats sur la table que de doubles mentons sous la bouche du roi. Tout le monde ferme sa gueule par admiration et le seul truc qu'on entend, c'est la mâchoire d'un obèse broyer les os d'un poulet farci à la terrine de lapin qui résonne dans une pièce à base de cinq mètres de hauteur de plafond. Montrer que l'on mange comme un porc était une mission importante pour un chef au Moyen Âge. Manger beaucoup, c'est avoir beaucoup de fric. Manger beaucoup de protéines et de gras, c'est avoir la puissance pour envahir n'importe quel connard dans la demi-heure. « *Si je peux m'enfiler trois porcelets par repas qu'est-ce qu'il va se passer si je mets cette thune pour acheter des flingues à mes chevaliers ?* »

Rien qu'avec cette démo d'engloutissement on pouvait calmer un seigneur renégat. Louis le Gros ne déclarait jamais la guerre comme une merde fébrile, Louis VI le Gros invitait les mecs qui voulaient le clasher à manger avec lui. Les types débarquaient, s'asseyaient à table, et regardaient le roi avaler un SMIC de bouffe en un repas. Louis se posait à sa table, s'enfilait huit-mille calories de gibier dans la bedaine, pétait, rotait, et regardait son homologue sans parler, toujours en mastiquant fort pour faire un max de bruit dans un silence de mort. Il se posait juste en face du type, le regardait fixement et mastiquait des trucs chers pendant des heures et des heures pour que tout le monde ferme bien sa gueule et se demande pourquoi il y a mille ducats de bouffe qui viennent de partir pour le goûter. Louis VI le *très* Gros, donc le très riche, voulait que ses repas soient un viol mental pour ses ennemis. Les mecs venaient pour menacer un roi et ils se retrouvaient devant un Rotschild obèse et aphone, attablé, avec dix kilos de joncaille sur chaque phalange qui les fixait avec une expression de gueule à la Paulie dans *Les Affranchis*. Traumatisés par le bestiau, les types rentraient dans leurs châteaux de clochards pour y manger deux œufs au plat et une demi-pomme, puis y déprimaient pendant trois mois d'avoir un frigo d'étudiant, alors qu'ils s'étaient déjà vus rois de France.

À partir de 1110, certains seigneurs, fatigués de se faire convoquer par Louis VI le Gros pour le regarder les clasher en mangeant, décident de perpétrer des pillages au nord du royaume pour grignoter les dividendes du gros Louis. C'est notamment le cas d'Hugues de Puiset, et d'Ebles II de Roucy. Ebles II de Roucy ayant fait les croisades, Louis VI le Gros décide de ne pas le tuer mais de simplement l'humilier en le forçant à s'agenouiller devant lui pour lui promettre fidélité. Quelques années plus tard, le gros Louis, peu motivé par la perspective de se refaire manquer de respect, fait tout simplement raser le château d'Hugues de Puiset en 1111. Et y installe sa loi par décret d'abolition des lois précédentes. C'est-à-dire que Louis ne bat pas ses ennemis, il les encule puis les raye de la carte pour le reste des huit prochains siècles.

Le 20 aout 1119, après une vie passée à se faire respecter et à mastiquer en silence devant les gens, Louis l'Obèse décide d'aller se balader en Normandie pour y dégager le roi d'Angleterre qui fait beaucoup trop le malin à regarder la Bretagne, comme si c'était à lui d'y régner. Le projet est simple, Louis va venir mastiquer deux ou trois faisans sur la commune de Gaillardbois-Cressenvile pendant que ses chevaliers devront organiser la plus grosse baston de parking de l'Histoire. Henri Ier Beauclair, roi d'Angleterre, ne sachant pas que Louis se balade dans le coin, se promène aussi avec son armée sans ne se douter de rien. Les deux forces se rencontrent fortuitement et la baston commence. Alors que la bataille fait rage, un chevalier normand attrape le cheval de Louis VI par la bride et s'écrie « Le roi est pris ! ». Mais selon le chroniqueur Orderic Vital, le roi aurait répondu : « On ne prend pas le roi, ni à la guerre, ni aux échecs. » Puis pour ponctuer sa vanne un peu à chier, Le roi Louis enfonce quand même sa masse d'armes dans le crâne du mec qui a osé toucher la bride de son cheval. La bataille est confuse et bien que les Français se retirent le roi d'Angleterre perd beaucoup plus d'hommes que Louis, qui retourne mastiquer du lard en toute tranquillité dans son fief. En 1122, le comte d'Auvergne, Guillaume VI, vient casser les couilles d'Aimeric, évêque de Clermont, qui est un bon pote de Louis VI le Saindoux. Le gros Louis, fidèle à sa méthodologie, vient « make Auvergne great again » en mettant le feu à la ville de Clermont. Certainement pour calmer tout le monde et apaiser les conflits en n'oubliant pas de mastiquer pendant deux ou trois heures devant les flammes de trente mètres qui s'échappent de la ville en même temps que les cris des gens qui y brûlent.

L'Empereur germanique Henri V du Saint-Empire, voyant que Louis ne respecte à peu près rien et gagne en puissance de frappe, décide d'intervenir pour vaincre Louis l'Obèse. Mais le Gros roi a tellement mastiqué de bouffe devant tellement de victimes, qu'il est plus respecté que jamais. Alors tous ses vassaux, de peur de se refaire convoquer pour assister à un nouveau repas silencieux du roi, s'empressent de lui montrer leur fidélité. L'équipe qui accourt à son appel est tellement burnée que même les chevaux sont moins poilus que les mecs qui les montent. Parmi la troupe en route on compte Hugues II de Bourgogne, le cousin du roi « Raoul le Borgne », le duc Guillaume d'Aquitaine, Conan III de Bretagne, Charles Ier de Flandres, Foulque d'Anjou, Guillaume II de Nevers, Hugues de Troyes.

Henri V du Saint Empire est averti de la mobilisation autour de Louis VI le Gros. Impressionné, il regarde la liste et commence à lire les prénoms à base de « Conan de Bretagne » et « Raoul le Borgne ». Déjà, rien qu'avec les surnoms, le mec est plus trop sûr de vouloir aller au charbon. Mais Louis l'Obèse en rajoute une couche, il se bouge jusqu'à Saint Denis et va y chercher l'oriflamme légendaire du même nom. À la tête d'une gigantesque armée, arborant l'oriflamme qui avait fait fuir les Vikings devant Paris quelques siècles plus tôt, Louis VI le Gros, fidèle à son style unique se pose à la tête de son armée sur un cheval très certainement aussi obèse que lui pour y mastiquer quatre ou cinq côtelettes de mouton en regardant le chef de l'armée adverse sans décrocher le moindre mot. Henri V du Saint empire, de son côté, constate avec terreur à quel point Louis VI a l'air de manger des trucs très chers et très protéinés sans éprouver le moindre stress. Déjà vaincu psychologiquement par l'œil bovin de Louis « der fett » et de sa mastication d'alpha, il retire son armée pour éviter le combat en prétextant qu'il doit retourner en Allemagne pour aller mater une révolte. Flûtiste va ! À partir du 14 août 1124, Louis le Gros devient une sorte de mafieux intouchable. Tout le monde a vu l'empereur allemand se chier dessus en voyant Louis VI manger devant son armée et tout le monde redoute maintenant de se retrouver avec Louis VI le Gros en train de manger devant son château. Les années passent et Louis le sixième, avec le temps, a tellement mastiqué de bouffe qu'à l'aube de la cinquantaine, il ne peut plus se déplacer seul et n'a pas vu sa propre bite depuis au moins cinq ou six ans. À moitié handicapé, il se met à lâcher des caisses à la messe et à table sans se retenir. Il parle encore moins que quand il ne parlait presque pas et meurt à Béthisy-Saint-Pierre d'une chiasse foudroyante de plusieurs jours, après avoir passé une vie à rendre le véganisme aussi crédible qu'un trash-talking de Justin Bieber sur Mike Tyson. Le très gros et très gras Louis VI nous quitte le 1er août de l'an de grâce 1137. Pour clasher une dernière fois les êtres humains de moins de cent kilos il se fait faire un gisant de lui-même à la basilique de Saint-Denis où il est représenté avec une bedaine. Son dernier fait d'armes étant de vouloir rester gros y compris dans la mort. Sacré Louis VI, si tu savais les fioques qui nous gouvernent aujourd'hui... Tu viendrais certainement mastiquer devant l'Elysée avec tes potes Conan le Breton et Raoul le Borgne pour faire baisser deux ou trois regards.

Voilà ce qu'était qu'être un chef au Moyen Âge ! Être un Titan d'os, de muscles et de graisse, vivant la vie par tous ses reliefs sacrés. La pitance, le vin qui irrigue le corps par un flot de sang christique, la graisse du gibier qui vient crépiter sur les bûches qui le rôtissent, les chevauchées infinies entre ciel de tornades et terre éventrée, les séances de prières qui purgent le cerveau de tout superflu, le regard droit vers son ennemi, la hardiesse au combat, la diplomatie aussi fine que franche, être présent avec son équipe quand ça commence à devenir tendax sur le champ de bataille ! Louis VI le Gros, aussi gros qu'il le faut pour mener la grosse France à sa grosse apogée ! Que croyez-vous que les hommes pensaient de leur roi ? La démocratie de merde a-t-elle fourni meilleur chef que celui-là en un seul quinquennat ou septennat de salope ? À la fin du règne de Louis VI, le royaume de France avait doublé de volume, les populations paysannes s'étaient enrichies, le commerce battait son plein et l'art gothique prenait racine dans notre pays pour y préparer cinq siècles de magnifiques cathédrales, cadeau de Dieu à la France, que le monde entier allait nous envier ! Quel minable petit chef de la « République » peut prétendre avoir offert tant à la France ? Qu'est-ce que c'est donc que cette France du XXIe siècle où les « chefs » sont des faggots de paille sans poumons ni estomac ? Savent-ils crier, se battre, bandent-t-ils le matin ? Ont-ils un village d'origine, ces hommes-femmes sans patois ni terroir ? Ils parlent faux, leurs mots ne résonnent pas, leur démarche trahit des trajectoires coupables, leurs mains ne racontent pas la vie, leurs jambes fluettes et raides ne leur servent qu'à fuir ou à ramper. Ils me dégoûtent ces petits singes blafards sans structure osseuse, pourvoyeurs d'injustice, de dégoût et de malheur ! Où sont les rois, où sont les chefs, où sont donc les Titans magnifiques ? Faut-il se livrer au régicide pour revoir les grands chefs du passé ? Faut-il la purger, cette République malade, pour retrouver l'éclat d'une France d'avant ? Le meurtre pour le retour du royaume ? Je suis prêt !

~~LA CROISADE DES ALBIGEOIS~~
LA BAGARRE !

Entre le Xe et le XIIe siècle, une religion hérétique, issue de la gnose, apparaît en terre d'Occitanie et s'y développe à tel point qu'elle entre en concurrence avec le catholicisme romain, alors déjà très implanté en Europe depuis plusieurs siècles. En effet, la partie romane de la France, c'est-à-dire celle qui a le plus reçu de la culture romaine, fonctionne différemment de ce qui existe dans le nord du pays. Le Languedoc, contrairement aux terres du Languedoï, ne mène que peu de guerres brutales de vassalités, on préfère élire des capitouls qui négocient une forme de pacte civil en parlant d'égal à égal avec les seigneurs du Midi. Ainsi, les relations d'horizontalité entre peuple et seigneurs forment une société plus juste, dans laquelle le pouvoir est avant tout une question de diplomatie. Cette douceur de vivre, couplée à une certaine prospérité économique, favorise la naissance et le développement d'une culture, d'une civilisation, qui sera la base de tout ce qui existe de noble au Moyen Âge. Les troubadours chantent *La Chanson de Roland* et la popularisent, remettent au goût du jour la culture du duel d'honneur et réinventent l'essence même de la chevalerie romantique. Ils se déplacent de château en château pour aller faire mousser les seigneurs en envoyant quelques punchlines à la gloire de leurs hôtes. Ainsi, en quelques lyrics bien placés, les troubadours régalent de compliments des obèses riches qui les récompensent en leur fournissant le gite pour une semaine ou deux, en leur offrant une miche de pain et trois ou quatre oignons farcis en échange d'une petite pipe musicale. L'exercice est le suivant : le troubadour devra convaincre les convives que tel seigneur de tel château est vraiment l'incarnation même du héros. Même s'il a le gainage d'un Edouard Balladur et qu'il se bat plus avec son cholestérol qu'avec les Arabes de derrière les Pyrénées, il faut convaincre que ce seigneur est véritablement un champion. Cependant, le succès de la soirée repose quand même sur l'art de faire des compliments crédibles, il faut sucer, mais sans mettre les dents. Car une chanson exagérément héroïque sur un seigneur avec le physique d'un avorton, type Usul, pourrait aussi être prise comme une moquerie par ce dernier. Ainsi, de temps en temps, quand on a trop dit que Raymond le Gros fait le cent mètres en neuf secondes, on finit la soirée aux oubliettes pour la blague de trop, c'est la dure *gangsta life* du troubadour qui fait de ce métier un art de virtuoses. La civilisation occitane, plus souple, laisse aussi une grande liberté de culte. Juifs et musulmans peuvent aller et venir en pays méridional sans craindre pour leurs vies. Il n'est d'ailleurs pas exagéré de dire que le Juif occitan est moins en danger à Toulouse en l'an 1080 que le Juif de Sarcelles en 2020. Le catharisme se développe surtout par l'action de ceux qu'on appelle les « Parfaits ». Des prédicateurs qui dictent et transmettent les règles et philosophies du catharisme, partout où ils se trouvent. En voici quelques-unes : le catharisme trouve son essence dans le refus du monde matériel ; en effet, le monde physique est une création du Diable, s'en désintéresser c'est se préparer à aller directement au Paradis après sa mort. Plus on a refusé la vie physique, plus l'au-delà sera paradisiaque. Du coup, cette philosophie qui semble juste et magnifique sur le papier, commence à produire des comportements de gros mongoliens. On se suicide par volonté de montrer à Dieu notre désintérêt du monde physique, laissant parfois époux, épouses et enfants à leur sort. Certains Parfaits commencent à se la jouer gauchisto-salafistes, en lançant des fatwas contre ceux qui jouissent trop à leurs yeux : dégotez-vous une petite Ariégeoise à grosses miches avec un cul pas dégueu, et vous devenez instantanément un fils de pute de matérialiste. Refusez de baiser des vilaines et vous deviendrez automatiquement un serviteur du Diable. Refaites à neuf le chrome des jantes de votre charrette et vous serez un salaud de jouisseur sans scrupule. Payez-vous quelques sapes un peu fraîches et il y aura toujours un casse-couilles de « Parfait », derrière un buisson, pour venir vous demander pourquoi vous ne vous êtes pas encore suicidé par le jeûne au lieu de faire péter des joggings en lin. Cette ambiance ramadan du Larzac s'inscrit dans un phénomène plus large de continuité de certains vieux paganismes en Europe. Si certaines pratiques païennes sont pleines de belles valeurs qu'il serait malhonnête de nier de ma part, d'autres cultes en revanche ne sont ni plus ni moins que la célébration de la trisomie 21 ! Au Pays basque, en Aragon, dans les Pyrénées en général, les folklores sentent quand même un peu la transpiration paléolithique. On se déguise en taureau avant de s'asperger de sang de porc et de merde de cheval, ensuite, pour continuer plus loin dans la finesse, on boit huit litres de vinasse avant de se mettre à danser autour du feu en se glissant deux ou trois trucs dans le cul, puis en violant les gosses qui trainent quand on est à dix grammes. Fatalement, ce genre de réunions sont sujettes à questions quand on fabrique des sociétés peu structurées et sources de désordre économique et territorial. Le pape, conscient de tout ce merdier, mais peu renseigné sur les spécificités de chacun, engage une lutte d'influence pour endiguer le catharisme et autres « hérésies ». Cette décision, perçue comme un acte fascisant de l'Église catholique par beaucoup d'Occitans contemporains, ne doit pas leur faire oublier que l'unification spirituelle de l'Occident était une nécessité absolue face à la menace d'un islam conquérant, prêt à faire son nid sur les divergences spirituelles d'alors. Le pape engage donc de nombreux prédicateurs pour tenter de ramener les Occitans à la foi catholique. Dès 1147, ces prédicateurs déboulent dans le Sud-Ouest pour tenter de raisonner les cathares. Problème : tout le monde s'en bat les couilles et continue de pratiquer le catharisme en envoyant chier les légats du pape. Tout cela finit par agacer le chef de l'Église qui décide, en 1209, d'envoyer une armée de croisés pour aller débourrer des hérétiques. Philippe Auguste, alors roi de France, tel le gitan sans fortune qu'il est, aimerait bien faire main basse sur l'Occitanie pour pouvoir l'intégrer au royaume de France. Suivi de quelques seigneurs du Nord, il décide donc de répondre à l'appel du pape, peut-être pour faire plaisir à Jésus mais sûrement aussi pour faire main basse sur une région où le pognon coule déjà à flot. Dégoûtés de leur climat de merde et peu convaincus par la qualité de leur pinard, une équipe de nordistes solides décident de descendre faire du sale au pays d'Oc. Parmi la troupe, on compte le puissant duc de Bourgogne, les comtes de Montfort et de Saint-Paul.

Ainsi donc, une armée de trente-mille croisés fendent la vallée du Rhône pour aller assiéger la cité de Bézier, solidement fortifiée par la couillue famille Trencavel. Toulouse, bien qu'étant la capitale du pays cathare, est épargnée car Raymond VI de Toulouse tourne sa veste. Tout comme le ferait la dernière des salopes, il se met du côté des croisés et se retrouve à massacrer ses propres sujets comme la dernière des merdes. L'armée des croisés se présente donc devant les remparts de Bézier. Arnaud Amaury, légat du pape, commence à envoyer du nazisme en réclamant que les cathares de la ville lui soient livrés pour faire un feu de camp avec leurs corps. L'évêque de Béziers, Renaud de Montpeyroux, essaye de calmer le légat en négociant de lui livrer deux-cent-vingt-deux « hérétiques » contre la vie sauve pour le reste de la ville. Arnaud Amaury, peu habitué à négocier comme un vulgaire vendeur de tapis tunisien, décide que, finalement, c'est toute la population de la ville qui va crever. D'où le célèbre « *Tuez-les tous, Dieu reconnaîtra les siens !* », car c'est bien lui l'auteur de cette célèbre punchline médiévale qu'on attribuera à tort au ~~massacre~~ nécessaire événement de la Saint Barthelemy des siècles plus tard. Le 22 juillet, alors que la chaleur envahit la plaine, pensant devoir installer un siège durable, quelques fantassins de l'armée du Nord décident de se baigner non loin des remparts de la cité biterroise, afin de se rafraîchir. Voyant cela, par provocation, trop sûrs de leurs fortifications, les habitants de Béziers ouvrent les portes de la ville pour narguer l'armée des croisés et surprendre les quelques soldats du Nord qui se baignent. Malheureusement, l'assaut tourne mal et contre toute attente, les quelques baigneurs résistent en se battant, les couilles à l'air. Surpris de se retrouver à croiser le fer contre des campeurs sans slips, les Biterrois reculent et se font percer leurs lignes. C'est là qu'une partie de l'armée rentre dans la ville et se livre à une boucherie en règle. Il faut imaginer la confusion du massacre, des hommes nus avec des épées ensanglantées qui pénètrent dans les églises pour y massacrer ceux qui s'y sont réfugiés. Des ribauds à moitié mercenaires qui commencent le pillage, avant même d'avoir pris l'intégralité de la ville. On voit des mecs sortir avec des femmes sur l'épaule pour aller les enculer derrière un buisson, pendant que d'autres rentrent à cheval dans les maisons pour aller y piétiner les gosses qui s'y cachent avec des chevaux de six-cents kilos. On fait des charges à gros cheval dans les rues pendant que des moines tentent d'empêcher les ribauds de saccager toute forme de vie à Béziers. Les seigneurs sont informés de la prise de la ville avec retard. Quand ils arrivent, en plus d'être humiliés de ne pas avoir participé à la victoire, ils constatent l'étendue du foutoir et décident de chasser leurs propres soudards des lieux les privant d'un pillage bien mérité. La Mongolie atteint un niveau critique quand, interrompus dans leurs saccages, les soudards mettent le feu à la ville biterroise pour se venger de leurs propres chefs. En fait, les mecs obéissent à leurs chefs parce qu'ils ont le respect de la hiérarchie. Mais là où le Moyen Âge régale, c'est qu'au lieu de protester comme des « tantoufles » via un syndicat de connards de grévistes, les mecs font un incendie avec des flammes de quarante mètres pour expliquer aux seigneurs que « *pas contents !* ». Et tout ça, je le répète, en obéissant quand même, parce que désobéir à son roi c'est un truc de fils de pute de communiste. Raymond Roger Trencavel, absent des lieux car persuadé que Béziers allait tenir, se retrouve à devoir se réfugier à la cité de Carcassonne pour continuer à mener le combat contre l'armée du pape. Le 26 juillet 1209, les croisés quittent Béziers en ruines et se dirigent vers Carcassonne. Sans doute pour aller y chercher le seigneur Trencavel et massacrer d'autres cathares au passage pour rentabiliser leur BlaBlaCar. Pierre II d'Aragon, qui est le boss à qui les seigneurs du Sud-Ouest doivent allégeance, décide de quitter l'Espagne après y avoir massacré plusieurs milliers d'Arabes chaque week-end pendant dix piges, afin de gagner Carcassonne. Il réussit à calmer la situation entre l'armée du pape et ses vassaux languedociens en négociant une issue, qui évite d'encore faire gonfler les stats de viol de cette croisade qui n'en finit pas de casser les couilles à tout le monde. La croisade va se changer en véritable guerre quand le fameux Simon de Montfort devient le dépositaire du pouvoir en Occitanie. Après s'être illustré par son courage durant la quatrième croisade contre les fils de babouches en pays d'Israël, après avoir gagné plusieurs batailles lors de la croisade des barons en Occitanie, le type est un peu le champion poids lourds toutes catégories de la croisade. Le type « croise », il croise toute la journée depuis qu'il a l'âge de pisser debout, ce qui fait de lui un chevalier assez calé en termes de croisades. Il croise tellement qu'il passe son règne à éclater ses nouveaux sujets aux quatre coins du midi, en faisant des exactions de mongoliens. À Cordes-sur-Ciel, le mec fait remplir un puits de gosses puis le fait fermer pour pas entendre les plaintes parce que les gosses qui crient, c'est chiant et strident. À Lastours, il assoiffe les gens pour les punir, dans les Corbières et en Ariège, le mec fait griller les cathares comme si c'était la foire à la chipolata. Spécialisé dans la traque de kebabs-hérétiques à Jérusalem, le mec fait des trucs de la guerre d'Algérie en plein Moyen Âge. Il fait attraper des types et leur fait couper le nez, et crever les yeux, quand ils récitent la Bible de traviole. Dans les environs de Foix, on fait lapider une femme dans un puits parce que quand on lapide dans un puits, y a pas besoin de trop viser pour que la gonzesse prenne une ou deux caillasses dans la gueule. Comme la police judiciaire et la Licra n'existent pas encore, Simon se fait plaisir partout où il passe en fracassant femmes, gosses et vieillards infidèles, sans ostraciser personne sur des motifs discriminatoires d'âge ou de sexe. Plus Simon de Montfort éclate de gens, plus la croisade spirituelle se transforme en conquête militaire au profit du roi de France Philipe le bel, qui succède dans la violence à son père Philipe Auguste. Au cours des sièges qui deviennent de plus en plus nombreux, on propose souvent aux cathares de se convertir pour garder la vie sauve. Comme les mecs sont fanatiques comme des putain d'Afghans sous Captagon, on les fait brûler par paquets de douze pour les calmer. L'Occitanie devient un Vietnam à ciel ouvert, et cette fois-ci, les Viet-Congs sont catholiques et il n'existe pas encore d'hélicoptère Apache pour venir te chercher quand ils t'encerclent. Plus ça dégénère, plus la campagne prend une tournure importante. Pour Philippe le Bel, roi de France en dépassement de découvert autorisé, l'annexion de l'Occitanie devient une entreprise de nécessité absolue. En face, Pierre II d'Aragon, lui, commence à en avoir plein le cul que des touristes franciliens viennent foutre la merde en Occitanie et manquer de respect aux contrées pyrénéennes. En 1213, à la demande de ses vassaux du comté de Toulouse, de Foix et du Comminges, il lève une armée en Aragon pour aller se filer sur la gueule avec Simon de Montfort. Ils se donnent rendez-vous le 12 septembre de la même année à Muret, à vingt-cinq kilomètres de Toulouse, pour un *Battle royale* entre seigneurs croisés du Nord et chevaliers hispano-cathares du Sud. Le climax de la croisade des Albigeois.

Si vous pensez que *Game of Thrones* est une histoire mêlant violence et poésie, si vous avez trouvé cette série efficace, sachez qu'en termes de violence, ce qui va suivre pourrait accompagner John Snow en trottinette jusqu'à la grande section de maternelle pour le déposer là où se trouve sa vraie place. La bataille de Muret n'est pas une comptine imaginée par un auteur obèse américain qui n'a jamais vu un vrai château de sa vie. La bataille de Muret, c'est le point de départ d'événements d'une violence à faire passer les vidéos de l'État islamique pour un épisode de *Camping Paradis*. Déjà, en termes de personnel on est sur du gros effectif, l'armée des croisés, retranchée dans la ville fraichement conquise de Muret, qui comporte environ six-mille-huit-cents hommes. Auxquels s'ajoutent deux-cent-soixante-dix chevaliers expérimentés ainsi que sept-cents arbalétriers prêts à faire un massacre.

En face, on compte vingt-cinq-mille hommes à pied ainsi que le chiffre vertigineux de deux-mille à trois-mille cavaliers. Eux-mêmes secondés par des miliciens dont on estime généralement le nombre entre quinze-mille et vingt-cinq-mille. Pierre II d'Aragon, gonflé d'orgueil par la branlée qu'il vient de mettre aux musulmans un an plus tôt à l'humiliante bataille de Las Navas de Tolosa (avec quelques-uns des chevaliers les plus célèbres de leur époque), est persuadé de sa toute-puissance. En face, Simon de Montfort, vétéran aguerri des croisades en Terre sainte et des guerres d'annexion en Occitanie ne doute pas une seule seconde de sa capacité à remporter une nouvelle victoire. Deux évêques présents aux côtés de Montfort commencent à comprendre qu'aucun des deux chevaliers ne compte baisser les yeux le premier et que tout le monde court au massacre. Connaissant le caractère des deux machines, voulant empêcher la boucherie de se produire, les deux religieux tentent de trouver une issue diplomatique auprès du roi d'Aragon en engageant des pourparlers de gonzesses. Malheureusement, les deux belligérants sont plus dans une ambiance « Nurmagomedov VS McGregor » que « Jésus-Christ VS Phil Collins ». Pierre II, voyant qu'on lui envoie deux hommes d'Église pour négocier, interprète à la hâte cela comme un signe de faiblesse et de doute de la part de Simon de Montfort. Persuadé d'avoir en face de lui un chevalier hésitant, L'Aragonais décide que le lendemain, il lancera toutes ses forces dans la bataille pour percer les défenses du Nordiste et libérer Muret de l'Occupation française. Le comte de Toulouse, un peu tantoufle sur les bords, conscient que Simon de Montfort est un enculé de stratège, supplie l'Espagnol de se calmer et d'aller se taper une San Miguel / tapas pour décompresser. Mais Pierre II d'Aragon le traite de lâche et ne renonce en rien à son projet d'aller distribuer des marmules à l'armée du pape.

Le lendemain, tout le monde est prêt pour célébrer la plus grande réunion de trisomiques en liberté de l'année. Les croisés disposent leurs troupes en trois bataillons de trois-cents hommes, dont chacun sera dirigé par un chevalier. Guillaume des Barres, (celui qui a humilié le roi d'Angleterre en duel sur le départ des croisades à Marseille) commandera le premier bataillon. Le second bataillon sera commandé par Simon de Montfort lui-même, le troisième bataillon lui, sera commandé par un chevalier prénommé Bouchard de Marly. Alors déjà quand tu t'appelles « Bouchard de Marly » au XXIe siècle, il y a de fortes chances que tu sois « carrossier » ou « gitan sauvage » de ton état. Mais quand tu t'appelles « Bouchard de Marly » au Moyen Âge, là tout est possible, il n'y a pas encore de loi de fragile qui t'interdise de porter une arme de catégorie 28 dans les lieux publics, alors que ton bilan psychiatrique est épais comme une gaule de Daniel Cohn-Bendit à la morgue de l'hôpital pour enfants de Budapest. Aucune institution n'est encore dans l'obligation déontologique de te prendre en charge médicalement. Alors tu te balades avec quarante kilos d'armure comme si t'étais un lance-roquette humain pour aller massacrer des Arabes qui t'ont rien fait en Terre sainte, parce qu'il y a des voix qui te demandent de faire des trucs chelous quand tu vas à l'Église.

Bien encadré par une riche sélection de chevaliers aussi violents que mongoliens, le débitage de viande en règle peut commencer sous les meilleurs auspices. Les croisés suivirent un petit cours d'eau pour éviter les miliciens toulousains qui campaient dans les bois. Sans doute occupés à regarder un match du Stade, ils ne virent pas l'armée du Nord les contourner par les côtés pour les prendre à revers comme des énormes guignols. Ne sonnant pas l'alarme, ils permirent aux croisés de tomber sur le deuxième camp où le comte de Toulouse, surpris de voir ses ennemis débouler au milieu de l'apéro, décida de trahir Pierre II d'Aragon en ordonnant à ses neuf-cents hommes de ne pas prendre part à la bataille comme l'énorme salope que l'Histoire retiendra qu'il a été. De son côté, Guillaume des Barres se charge d'écraser les alliés de Pierre II d'Aragon en chargeant la troupe du comte de Foix qu'il extermine en quelques minutes. Ce faisant, ils les forcent à refluer en désordre jusqu'au bataillon du roi aragonais. Là, un chevalier du nom de Alain de Roucy, originaire de Laon, secondé par son ami de toujours, le chevalier picard Florent de Ville réussit à faire tomber de son cheval celui qu'il prend pour le roi espagnol. Mais là où le taux de burnes explose, c'est que le roi Pierre II, avant d'engager la bataille, avait refusé de combattre avec ses couleurs et son rang royal pour venir se battre au milieu de ses hommes en simple chevalier. Par pur esprit chevaleresque romantique, il avait donc fait vêtir un autre chevalier de ses couleurs et l'avait mis sur son cheval. Ainsi, il fit revivre une très vieille tradition médiévale, considérée comme le plus grand acte de bravoure guerrière à laquelle puisse consentir un souverain : choisir un « héraut d'armes » pour prendre sa place, puis se mêler au simple chevalier pour combattre à égalité avec ses hommes et y risquer sa vie comme tel. Alain de Roucy, persuadé d'avoir fait tomber le vrai roi d'Aragon, aurait hurlé la punchline suivante : « Je croyais le roi tueur de Maures meilleur cavalier ! » Le véritable roi, toujours vivant et piqué au vif, lui aurait alors répondu : « C'est que celui-là n'est point le roi ! Le roi c'est moi ! (gros fils de pute). » Alain de Roucy, découvrant que le roi n'était pas celui qu'il venait de désarçonner, toujours aidé de son pote picard Florent de Ville, plonge dans la mêlée pour y chercher le cœur du roi, et y planter son épée jusqu'à la garde. Mais c'est un autre chevalier, Allard de Renty, chevalier d'Artois, qui y parvient. Alain de Roucy et surtout Baudouin de Ville, qui avait promis à Simon de Montfort de tuer le roi d'Aragon, grince des dents en voyant que le jeune Allard vient de coiffer au poteau le binôme picard. Deux vétérans des croisades, persuadés qu'ils allaient se faire le boss, se font voler le prestige par un plumeau sans charisme, cotte de mailles à ourlets de « tarlope », qui n'a eu à se pointer que pour finir le boulot, quand tout était déjà presque fini comme une énorme pute (premier Parisien de l'Histoire ?). Pierre II, chevalier du Christ, vainqueur de la légendaire bataille de Las Navas de Tolosa, défenseur des Pyrénées contre la conquête musulmane, s'effondre pour toujours dans l'herbe fraîche de la plaine garonnaise. Les hommes, voyant ce géant vaciller pour toujours, privés du grand roi montagnard, s'effondrent dans cette plaine devenue glaciale, malgré l'été. Le bruit de la mort du grand Pierre traverse la vallée de la Louge comme « un vol de gerfaut au-dessus du charnier natal ». Les chevaliers, paniqués, fuient en désordre et se font poursuivre et tuer par les nordistes victorieux. Les coalisés occitans sont vaincus, le massacre commence et Simon de Montfort, Diable du Nord, a encore frappé l'histoire de son impitoyable poigne de fer. Le cadavre du roi, encore chaud, subit une deuxième trahison post mortem puisqu'il est abandonné définitivement par le comte Raymond de Toulouse, éternel couard, qui s'enfuit vers sa ville avec ses hommes. Honteusement fatigué de regarder gésir celui qui lui faisait confiance, qu'il venait de trahir, Raymond VI la salope s'en alla donc vers sa ville rose à la hâte. Sans doute pour y préparer l'avènement du Parti socialiste ou y aménager le terrain qui devait y accueillir la fac du Mirail et ses punks à chiens, quelques siècles en avance.

Simon de Montfort, victorieux, s'avance dans la plaine, il marche vers la dépouille de Pierre II d'Aragon, que personne n'ose profaner ni même toucher tant la légende de celui-ci est grande. Simon se rappelle ces réunions diplomatiques qui n'aboutirent sur rien, il avait rencontré son rival espagnol à de nombreuses reprises, ils s'étaient jaugés, respectés, craints, puis combattus. Tous deux avaient été la terreur de l'islam, tous deux étaient de fidèles croyants catholiques, tous deux avaient une haute conception de la chevalerie, tous deux avaient saigné le même sang chrétien contre les ennemis de l'Europe. Tous deux étaient la fierté de leurs lignées et de leurs terres, l'un était ce déterminisme froid du Nord aussi courageux qu'obstiné, germanique, l'autre était la fougue baroque et épique des gens du Sud, latine. À eux deux ils étaient l'Europe. Mais un seul était mort, et un seul était vivant, le mort allait rejoindre les morts, et le vivant allait rejoindre les bientôt morts. L'Histoire ne nous dit pas ce que Simon ressentit au plus profond de son cœur ce jour-là. On sait cependant qu'il demanda à être conduit auprès de la dépouille du roi d'Aragon pour s'y recueillir. Il y a huit siècles, sur une petite prairie du sud-ouest de la France, Simon descend de son cheval avec gravité, puis enlève ce vieux heaume qui lui a confisqué tellement de respirations, depuis tellement de batailles. Le vent pourtant chaud qui balaye la plaine lui glace le visage. Il s'avance avec un groupe de chevaliers vers ce corps qui gît dans l'herbe grasse. Le champ de bataille est une rivière de souffrances, on entend les blessés appeler la mort, ou simplement, prier en chuchotant. Simon s'agenouille. Un grand roi est mort aujourd'hui...

Je suis persuadé qu'il a dû ressentir le poids qui incombe à celui qui a vaincu un Titan, puis contre toute attente, a survécu. Le poids qui pèse sur celui qui a vaincu l'invincible en Enfer, et qui doit désormais trouver une raison de revenir à la surface sans un but supérieur. Revenir parmi les vivants et y côtoyer les simples mortels qui ne savent pas que l'on devient soi-même un Titan lorsqu'on tue un autre Titan. Mais le monde des vivants n'est pas fait pour les Titans qui reviennent de l'Enf, rien n'est à leur mesure, rien n'est à leur hauteur, rien ne peut plus les rassasier ni étancher leur soif, ils n'ont plus de points cardinaux ni d'horizons. Ils ne sont plus dans l'espace ni dans le temps. Ils se contentent d'êtres terribles jusqu'à leur crépuscule. Et le crépuscule du Titan Simon de Montfort fut à la hauteur de sa vie de violence. Quelques années après la bataille de Muret, le 25 juin 1218, pendant le siège de Toulouse, il fut heurté de plein fouet par un énorme boulet de « pierrière » en pleine poire. Un boulet tiré par deux Toulousains qui avaient reconnu sa tête à une cinquantaine de mètres de lui. Elles avaient ajusté la machine pour lui envoyer un steak granitique de six ou huit kilos dans la boîte crânienne. Ç'en fut fini du terrible Simon, qui rejoignit son vieux rival espagnol dans le tonnerre de l'Histoire. Mort d'un Titan, mais pas encore le crépuscule de sa race.

LE COURAGE, L'HONNEUR ET LA FOI, AU MOYEN ÂGE

L'homme médiéval punit l'homme moderne, l'homme médiéval est une punition pour l'homme moderne, l'homme moderne est une honte pour l'homme médiéval. L'homme moderne est une lamentable merde. Une merde qui mérite ce qui lui arrive parce qu'il y collabore de toutes ses forces. Il a cédé sur tout, il a éprouvé tous les compromis, toutes les bassesses, il s'est ratatiné comme une bite dans l'eau froide, il est devenu ce laquais bossu qui rampe devant un système qui l'émascule avec des lois de papier. Il n'a plus de Dieu, il n'a plus roi, il n'a plus de parole ni de rêves, il n'a même plus de patrie cette sale pute ! Il n'a plus de cause hormis la sienne. Il est cet animal qui fait semblant de ne pas être organique, de ne pas avoir d'instincts, de ne pas savoir ce qui lui arrive. C'est un carnivore qui se travestit en herbivore pour ne plus avoir à tuer ni chasser. Il ne sait plus se faire respecter, il ne sait plus quand on le viole, parce qu'il s'y est habitué par paresse et par soumission. Il ne sait plus prendre une femme. Il ne sait pas comment on culbute, comment on bouffe et comment on meurt. Il ne sait pas mourir autrement que dans sa pisse après quatre-vingt-dix années de minables petits calculs d'épicier pour allonger sa vie de quelques années supplémentaires. Vivre le plus vieux possible, pourrir le plus longtemps possible, se faire torcher le cul dans son lit médicalisé de morts-vivants, plutôt que de crever à trente-cinq ans comme un héros en forgeant l'Histoire pour une cause suprême. Nous ne savons plus tuer, nous ne savons plus vivre en ayant tué. On nous tue, mais nous, nous ne tuons pas. Nous savons qui nous tue, nous connaissons son prénom, sa tête et ses yeux exorbités de haine, sa langue rêche et toutes ses caractéristiques, mais nous n'arrivons pas à l'éventrer quand il égorge les nôtres. Nous sommes une nation de pleutres qui fait honte à nos ancêtres. Nous sommes des brebis violées. Et quand le loup a fini de nous enculer, il s'essuie la bite contre notre pelage de laine, puis il nous égorge.

L'homme médiéval est un roc, sa vie n'a été que rudesse, il est né pour souffrir et n'éprouver de plaisir que par touches fugaces. Il est vivant, terriblement vivant puisqu'il est encerclé par la mort en permanence. En 1200, un enfant sur trois meurt en couches, un sur dix arrive à l'âge adulte. On enterre plus qu'on ne célèbre de naissances. La vie s'articule autour de la mort et du cycle du temps. On naît, on s'épouse, on enfante, puis on meurt. L'homme médiéval a attrapé toutes les maladies, son corps difforme a enduré tous les maux et toutes les blessures de la vie et du travail. Imaginer l'homme médiéval est presque impossible, sa vie de rusticité absolue à travers les saisons fabrique un Titan difforme et primal impossible à concevoir pour le manager *Starbucks* moderne. L'homme médiéval a une terre, celle où sa mère l'a enfanté. Cette terre, il la travaille ou la défend, cette terre c'est tout ce qu'il possède sans vraiment la posséder. Son magot ce n'est pas quelques babioles merdiques de chez Fly ou IKEA, son magot, son trésor, c'est un hectare de boue et de merde sur laquelle il fait pousser le sang et les fruits de la terre. Il parle une langue sans détours, une langue avec juste le nombre de mots qu'il faut pour ne pas conceptualiser la lâcheté et se donner des raisons d'être une merde. La psychanalyse, il ne connaît pas. Les secondes lectures de grosse folle de psychologue, ça ne le fait pas rire parce que personne n'a encore fait la blague. Les considérations secondaires existentielles ne sont qu'une excuse pour ne pas se mettre en face de ses fautes et défaillances. Il croit en Dieu, il y croit comme personne aujourd'hui ne peut affirmer y croire. Il y croit autant que les djihadistes qui se font péter pour Allah aujourd'hui. Les musulmans croient encore en Dieu, alors ils ne craignent rien. L'homme européen lui, croit en *Quotidien* et *Konbini*, les machines à rendre honteux les Blancs, il croit en la météo et aux droits de l'homme. Il croit au bio, à l'écologie, il croit à la trottinette électrique, aux analyses irradiantes de lâcheté de Christophe Barbier. Il croit au social, cette grosse tarle. Il croit à des trucs de merde qui l'empêchent de vivre en homme et qui noient sa peur de mourir. Nos ancêtres ont toujours vaincu le djihad parce que nos ancêtres n'avaient pas peur de mourir, c'était « ALLAH AKBAR » contre « DEUS VULT » et non comme aujourd'hui « ALLAH AKBAR » contre « PAS D'AMALGAME »... Pauvres lâches qu'ils sont !

Nos ennemis pensaient avoir des couilles plus grosses que nous, puis ils repartaient sans leur tête, puisque nous les confisquions pour les mettre sur des piques là où est leur vraie place. L'homme médiéval n'a pas le temps de trouver des raisons de pardonner à son agresseur ! Il le découpe, il encule son cadavre pour évacuer la tension et il lui ouvre le ventre pour y glisser ses pieds et dormir au chaud, avant de rentrer chez lui ramasser des prunes et cultiver des artichauts le lendemain matin. L'homme médiéval a un seigneur qui est responsable de lui, qui fait la guerre pour le défendre, qui dépend de son travail aux champs. L'homme médiéval a une Église, il a un Dieu vivant et donc un sens à sa vie. Il ne déprime pas comme une lamentable loque entre bureau de travail et panne sexuelle devant le cul de sa grosse, repoussoir à levrette, ravagée par la cellulite du mauvais sucre et de l'inactivité. Il est un animal avec un dieu et un roi, c'est-à-dire un être humain *augmenté*, absolu, encore barbare mais déjà hautement civilisé et persuadé d'être l'un des piliers porteurs de l'infini. Il sait caresser la joue tendre de ses enfants, puis écraser un crâne de Turc à Antioche un quart d'heure plus tard au nom de la gloire du Christ. Il mange le fruit de la terre, il sait d'où sort la bouffe qu'il ingère, il sait sortir la merde et les boyaux d'un faisan avant de le manger. L'homme moderne mange ce qu'on lui donne, c'est-à-dire des produits transformés sortis de cuves, dans lesquelles les ouvriers mollardent des glavios visqueux par haine de la société et pour meubler les « trois-huit » d'une bonne rigolade. Il avale des poudres et des sauces dans lesquelles les rats et les hommes de l'usine qui les fabriquent chient et pissent. Il se tape de la morve et de la glaire d'ouvrier de l'agroalimentaire, il le sait un peu au fond de lui mais il sait aussi qu'il ne mérite que ça, *ce fils de pute*. Alors il avale des litres de crème au foutre Lactel, il se rince le ventre avec la pisse et la matière fécale qui inonde ses Toblerones. Il ne veut pas tuer sa nourriture parce qu'il a peur de la mort, il ne veut pas la cuisiner, et en plus de ça il voudrait que personne ne chie dans son assiette ? Mais il se prend pour qui cette larve ? Et puis quoi encore, espèce de « tarlope » ? Tu ne veux pas non plus que les animaux viennent se suicider d'eux-mêmes à l'abattoir pour te déculpabiliser ? L'homme médiéval n'est pas un numéro de la sécurité sociale, il n'est pas encore cette merde avec passeport et carte Vitale que la République viole avec ses lois de chienne et ses impôts qui financent majoritairement les logements et le RSA des parasites. Il est le maître de sa maison, de son travail et de son destin. Il a le droit d'ouvrir en deux le mec qui le cambriole si ça lui chante, il peut compter sur une justice violente qui torture à mort le pédophile et écartèle le meurtrier. Il n'y a pas encore d'avocats fouinards plein l'annuaire qui puissent sortir une loi de leur chapeau pour éviter au malfaisant la juste sanction qu'il mérite. L'homme médiéval a un code de conduite strict, car il sait ce qu'il coûte à celui qui dépasse la ligne fixée par le bon sens et les lois de Dieu. Il fait confiance à son prochain, parce que la parole est tout ce qu'il possède vraiment. L'homme médiéval connaît encore la mort. Alors il vit intensément, sa manière de marcher n'est pas encore entravée par la pression qu'exerce un caleçon sur ses couilles, à chaque pas il sent ses balloches taper contre ses cuisses, et quelque part, ça lui rappelle qu'il n'a pas une chatte à la place du paquet. Il se tient droit et ses pieds sont plantés dans la terre comme deux poutres de soubassement. Il ne tortille pas du fion comme les mannequins et acteurs modernes dans les films influencés par cinquante ans de féminisation. Au Moyen Âge, tout le monde ressemble à Charles Bronson, tout le monde a la gueule de Lolo Pons et de Vincent Moscato. La lâcheté est une rareté puisque le lâche ne survit pas longtemps. Le Moyen Âge c'est des jours entiers de marche pour sortir de chez soi. Alors on sort peu, on se sédentarise, on s'enracine, on se particularise, on parle sa langue régionale, le patois de son village et quelques rudiments de latin. On ne sait pas écrire, c'est vrai... Mais écrire pour quoi ? Pour dénoncer anonymement les Juifs à la Gestapo ? Pour dresser des contraventions de mange-merde ? Pour faire des attestations sur l'honneur que tu ne possèdes pas de télé pour éviter de te faire imposer pour « l'audiovisuel public » ? Savoir écrire pour quoi, pour donner son avis d'esclave sur Twitter alors qu'on est une merde que personne n'écoute dans le réel ? Savoir écrire pour passer le bac et te retrouver à faire un boulot de poney pour quatre euros soixante-dix centimes de l'heure ? La République fabrique des handicapés, elle transforme des lions en mollusques eunuques sans colonne vertébrale, et ensuite, une fois qu'elle leur a coupé les burnes et qu'elle a fait d'eux des larves, elle leur impose de payer des impôts pour leur sécurité. Ainsi, le pauvre mollusque, qui n'a plus d'os ni de griffes, qui n'a plus de biceps ni de testicules fonctionnels, accepte. Il accepte de payer ce que l'État lui propose de faire à sa place. On encule ta sœur sous tes yeux ? Ne te rebelle pas, fais le « 17 » ! On te cambriole en pleine nuit ? Ne blesse pas le voleur, fais le « 17 » ! On envahit ton pays, on brûle ta bagnole ? Ne vote pas « la haine », fais le « 18 » ! Daniel Cohn-Bendit se fait ouvrir la braguette par un gosse ? Ne le déboite pas, fais le « 119 » ! T'as mal au ventre parce que t'es une merde sans anticorps ? Ne lutte pas, fait le « 12 » !

Je pense qu'on peut juger du niveau de lâcheté d'une société aux nombres de numéros scratchés sur le réfrigérateur de l'homme moyen. Plus l'État vous propose de services au téléphone, plus il vous prend pour une énorme limace sans couilles. Est-ce que les Russes font le « 17 » quand il y a embrouille ? Est-ce que les Congolais qui se baladent avec des machettes à Pointe-Noire font le « 12 » quand ils découpent un rebelle ? Est-ce que la Chine tape le « 08 1000 5000 » quand elle sent qu'elle va faire un amalgame avec un Ouigour ? Est-ce que l'Algérie fait le « 18 » quand un chaoui met le feu à un Drahoui ? L'homme médiéval n'a pas de téléphone, il n'a pas non plus de numéro pour saisir la « halde » ou la « Licra » quand il est « offensé ». Il a juste deux bras, deux jambes, deux couilles, deux bites et éventuellement un fléau, une fourche ou un râteau. Outil qu'il envoie dans la gueule à quatre-vingt-dix kilomètres-heure par mille-huit-cents joules dans les gencives du premier cow-boy qui va lui faire un raisonnement sans dire « bonjour ». L'homme médiéval compte sur lui, il n'est responsable que de lui-même, de son clan, de son village ou de sa famille. Il ne remet pas son destin à un autre que lui-même et son Dieu. On ne le tord pas comme une mauvaise plante, on ne l'essore pas comme une serpillière à foutre. On ne lui impose pas des lois qui sont votées à mille kilomètres de chez lui. On ne le déplace pas au gré de ses missions d'intérim, on ne peut pas lui faire la leçon parce que, parfois, on ne parle même pas sa langue. On ne lui fait pas des exposés de tolérance de bourgeois. Il a un champ à labourer, des fèves à récolter, il a autre chose à foutre qu'être inclusif pour les trois névrosés qui le trouvent « sectaire ».

La Révolution française et son cortège de bourgeois flasques et laiteux nous a expliqué que l'homme médiéval était un esclave, un malheureux à la merci de seigneurs cruels. Puis une fois qu'elle nous a expliqué que nous étions libres, elle a précipité notre nation dans deux guerres mondiales qui l'ont enterrée à jamais. À Verdun, il n'y avait aucun méchant seigneur cruel, il n'y avait pas non plus de vilain inquisiteur de la méchante Église. Il n'y avait qu'un champ de tripes libres qui sortaient de ventres libres de cadavres libres de Français morts (et libres). Puis elle a mis tous ces petits « révolutionnaires républicain libres » dans des ateliers de travail loin de la campagne. Ensuite, elle a fait venir des hordes d'esclaves rancuniers des quatre coins du tiers-monde pour remplacer ses esclaves autochtones habituels. Puis tout ce petit monde (libre), libéré de l'horreur médiévale, s'est entassé dans des villes insalubres et pourrissantes pour y faire l'apprentissage (libre) de l'esclavage moderne, de la cohabitation avec les criminels et les violeurs (libres eux aussi), pour y attraper le cancer et y apprendre le Coran en anglais. Tout cela en même temps qu'elle sanctionnait les Français qui parlaient occitan, breton, catalan, chti, corse, ou d'autres langues nobles de la terre que vous me pardonnerez de ne pas avoir citées. L'homme médiéval était encore vierge de toutes ces souillures, il n'était éduqué qu'à la connaissance des choses immédiates. Il savait reconnaître les oiseaux entre eux, greffer et polliniser un arbre, il savait soigner les bêtes, tanner le cuir, travailler la terre, trier le bon grain de l'ivraie, ses actions avaient un sens et s'inscrivaient dans une logique fonctionnelle. Les choses prenaient leur véritable dimension, boire quand on a soif, goûter de véritables aliments, se réchauffer près d'un foyer de flammes après une journée de travail. Tout cela était une véritable existence. On mourait jeune parce qu'on avait vécu avec intensité chaque minute de sa vie. Bientôt, à quatre-vingt-dix ans, qui pourra encore dire qu'il a « vécu » ? Vivra-t-on le réel ? Naîtra-t-on encore ? Que vaut-il mieux ? Trois ans de croisade exaltante ou vingt ans de maison de retraite entre maltraitances et couches sales ? Que veux-tu voir le plus ? L'an « prochain », ou l'an « de grâce » ? L'an 2020 ou l'an des Titans ? Cette époque est une farce sans queue ni tête, et rien de ce qu'elle nous dira du Moyen Âge ne la soignera de ses propres doutes ni ne la lavera de sa propre merde.

PHILIPPE AUGUSTE, GANGSTER ET GENTLEMAN

Philippe Auguste, sacré Philippe ! Que dire de toi, sinon que ton règne fut une interminable chanson de 50 Cent, tellement le game dans lequel tu as évolué t'a forcé à faire beaucoup de muscu et à porter un flingue en permanence dans la boîte à gants de ton Impala 64 ? Comment parler de tes quarante ans de carrière en tant que roi de France où tu as tantôt été une racaille, tantôt l'ange gardien du ghetto ? Comment retranscrire ton style aigre-doux sans te faire passer pour une vulgaire sauce chinoise ? Niquer le roi d'Angleterre, racketter les Juifs pour pas les rembourser comme un énorme enculé et faire du dégât aux mahométans comme si tu étais l'armée américaine : tu as fait autant de propre que de sale, tu étais le pire des salauds et le meilleur du jeu de trônes.

Mais commençons par le commencement. Philippe Auguste naît en 1165 après que son père, Louis VII, a tambouriné sans succès sa mère pendant près de trente années pour qu'elle lui ponde enfin un héritier. Et un matin du 21 août, le miracle se produit. Après trente longues années d'attente et de levrettes infructueuses, la naissance de l'enfant est célébrée comme un pilon de poulet au Sud Soudan. Le père du tout jeune Philippe se hâte donc de faire associer son fils à la Couronne fin 1179. Manque de bol, le jeune prince, encore âgé de quinze ans est déjà tellement déter qu'il est victime d'un accident de chasse. C'est-à-dire qu'au moment où les gosses font des ateliers pâte à sel dans des écoles primaires éco-responsables, le jeune Philippe est déjà en train de patrouiller dans la forêt avec une arbalète Smith &Wesson de gros calibre pour réguler les naissances des sangliers sur le domaine royal. Malheureusement, il est blessé gravement et à tel point que son père se rend en Angleterre pour aller prier un saint thaumaturge afin que l'enfant, par la grâce de Dieu, se rétablisse. Le 18 septembre 1180, Louis VII meurt et laisse la Couronne au jeune Philippe qui devient roi à quinze piges seulement. Parfaitement rétabli de ses blessures, le jeune Philippe, en roue libre, décide comme un énorme enfant capricieux d'expulser les Juifs le 17 avril 1182. Il donne quelques raisons récurrentes à cela, imputant aux Juifs d'être responsables de mille-et-une calamités. *Faut l'savoir, hein !* La raison véritable est que les caisses de l'État sont vides et que les guerres de goy ça coûte cher, alors on n'hésite pas à spolier le Juif du coin pour continuer à meubler le château avec des babioles en plaqué or. Rapidement, comme à chaque fois qu'on dégage des Juifs de quelque part, le royaume se tiers-mondise à fond et ce ne sont pas les kebab-hérétiques, qui sont déjà en train de coûter du pognon au contribuable aux croisades, qui vont faire rentrer du cash dans les caisses royales du Royaume Koufar de France. Philippe, un peu honteux, renoue avec la politique tolérante de son père et permet aux Juifs de rentrer en France, parce que sans Michel Drucker les dimanches commencent quand même pas mal à puer la merde. L'interdiction de territoire pour les juifs cesse définitivement en 1198. Les Sépharades retournent au Sentier, et Paris redevient Paris. Fin de l'affaire.

La vie de Philippe Auguste, encore très jeune, est déjà une énorme guerre des gangs. Ses rivaux sont nombreux, la maison de Champagne et la maison de Flandres lui cassent les couilles, alors au lieu de résoudre le problème en faisant la guerre, il décide d'épouser la Champenoise Isabelle de Hainaut pour éviter trois ou cinq-mille morts, avec trois ou cinq-cents coups de bite. Mais le game est brûlant et ce mariage n'apaise pas la street. La menace de la maison des Plantagenets d'Angleterre reste un énorme problème, d'autant plus qu'en face on n'est pas sûrs du prince de Galles à feuille de choux, mais sûrs du Richard Cœur de Lion solide qui n'a pas encore envie de faire des cérémonies inclusives avec Meghan Markle et Elton John. Les deux rois se bastonnent un peu entre 1186 et 1188, mais comme il pleut tout le temps en Bretagne et que le beurre demi-sel ça va deux minutes, la guerre n'aboutit à rien parce que personne n'est motivé. Le pape, un peu islamophobe, commence à fatiguer de voir des rois chrétiens se foutre sur la gueule alors que Jérusalem regorge de Sarrasins en bonne santé. En 1187, après que le légendaire et très respectable Kurde Saladin est venu apprendre aux Arabes à s'organiser et leur offre Jérusalem, le pape Innocent III décide d'appeler tous les seigneurs de gangs européens à la croisade. Mais Philippe Auguste, comme tous les mecs qui ont des trucs importants à faire, se fait emmerder par sa gonzesse qui trouve des photos de lui sur Snapchat avec toutes les tchoins à gros fessier du royaume. Fatigué par avance de devoir s'expliquer, il commence à monter un dossier pour la faire répudier et pouvoir s'en taper une un peu plus bonne et un peu plus jeune. Manque de chance, Isabelle de Henaut fait un scandale et commence à faire le tour d'une église pieds nus en criant à l'injustice, le peuple qui l'aime beaucoup s'offusque et met un coup de pression populaire au roi, pour qu'il renonce à faire son enculé. Philippe, toujours victime de ses propres caprices, se ravise, lui paye un restau-ciné avec le reste du pognon qu'il a volé aux juifs et se barre aux croisades avec son ennemi Richard Cœur de Lion.

L'été 1190, presque un siècle après la première croisade des « gueux », les deux rois, ainsi que de nombreux autres barons, se retrouvent à Marseille pour embarquer vers la Sicile dans le but d'aller faire la deuxième croisade. Arrivés à Messine, ils sont dans l'impossibilité d'embarquer vers la Terre sainte à cause de tempêtes d'hiver, très violentes en Méditerranée. Les deux rivaux se retrouvent à devoir cohabiter plusieurs longs mois entre tensions politiques et rixes dans le campement. Ils passent leurs journées à picoler et à glandouiller, ils écoulent tout leur argent de poche pour se payer des putes, et l'ambiance commence à ressembler à un perm à Hanoï juste après Hamburger Hill en 1961. Finalement, Philippe finit par accoster à Acre en 1191, il démarre immédiatement le siège de la ville contre les musulmans mais le roi d'Angleterre tarde à venir lui filer un coup de main. Quand il débarque, à la bourre, les tensions entre les deux coqs reprennent de plus belle. Pour ne rien arranger au merdier, les deux souverains ont attrapé « la suette » à force de pas se laver les mains après s'être torché le cul avec du foin. La suette, c'est un truc de mongolien. Tu as des pustules qui sortent partout sur ton corps et tu te mets à suer vingt-huit litres d'eau par jour. Tu perds aussi tes ongles et tes cheveux. En fait, tu deviens simplement un poulpe. Il faut imaginer ces deux rois, dévastés par la maladie, qui continuent à étudier des plans de bataille sous leurs tentes pour niquer un maximum de Sarrasins avant de rentrer en France et en Angleterre pour se remettre sur la gueule en paix. Les types se détestent, mais comme Dieu leur a demandé d'aller débourrer Rachid et Khader en Terre Sainte, ils sont obligés de se supporter quand même. L'ambiance est merdique et la suette fait perdre l'usage d'un œil à Philippe. À moitié aveugle, amaigri de trente kilos, le roi ne lâche pas une minute les Arabes. Il les harcèle comme un énorme american-staff qui a mordu un Noir qui essayait d'aller acheter une glace aux cookies après 21 h 30 en Alabama. Alors finalement, devant tant de haine, les musulmans finissent par capituler le 12 juillet 1191. La troisième croisade commence à peine que Philippe doit déjà retourner en France pour aller éclater les traîtres qui complotent contre lui. Soucieux de ne pas vexer le pape qui comptait sur lui pour pacifier un maximum de babouches, il passe par Rome pour rendre compte du volume de musulmans qu'il a éclatés et reçoit en échange une lettre d'autorisation pour rentrer en France après services rendus. Quand Philippe débarque à Paris, c'est le bordel. Sa gonzesse meurt et il doit se remarier très vite. Il pense alors épouser la Danoise Ingeburge du Danemark, dont l'alliance avec sa maison pourrait lui garantir d'aller niquer les Anglais en double péné franco-viking. Malheureusement, il découvre une princesse vilaine comme un cul et apprend de surcroît que son frère, Knut VI, n'envisage en rien d'aller envahir l'Angleterre. Dégoûté, il fait annuler le mariage, et envoie la Danoise en zonze pour sept longues années. Juste parce qu'elle est vilaine et inutile. Quel enculé ce

Philippe Auguste ! De nouveau libre, il s'inscrit sur Facebook et repère une bonnasse allemande répondant au nom d'Agnès de Méranie. Il l'épouse en hâte dès juin 1196. Mais le pape, qui commence à en avoir plein le cul de constater que le roi de France est un énorme queutard, le force à se remarier avec la vilaine. Philippe Auguste refuse et le roi de France se brouille avec le pape. Après de longues années de tractations où le Saint-Père ira jusqu'à excommunier le roi de France, ce dernier finit par se résigner à réintégrer la vilaine comme reine de France à contrecœur.

Pendant que Philippe Auguste distribuait des coups de bite, Richard Cœur de Lion a ratonné avec grand succès en Terre Sainte. Alors qu'il rentre en Europe, il est capturé par le duc d'Autriche Léopold V qui l'empêche de rentrer en Angleterre où la bande à Robin des Bois est en train de tartiner l'usurpateur « Jean sans Terre ». Philippe, en gangster redoutable qu'il est, profite de la captivité de son rival pour négocier avec « Jean sans Terre » les possessions de Richard Cœur de Lion qui purge sa peine au mitard. Quand le roi d'Angleterre finit par quitter son Q.H.S le 2 février 1194, il reprend aussitôt la baston avec son rival français jusqu'en 1199. Mais le nouveau pape, aussi bienveillant avec l'islam qu'un gardien texan à Guantánamo, décide qu'il faut retourner faire encore une croisade pour empiler encore plus de cadavres orientaux que la dernière fois. Il force donc les deux éternels challengers à faire une trêve. Peu respectueux envers le pape, ils recommencent à se foutre sur la gueule jusqu'au 26 mars 1199, où un carreau d'arbalète transperce Richard Cœur de Lion en plein siège du château de Chalus-Chabrol dans le Limousin. Le grand roi anglais meurt au firmament de sa légende quelques jours plus tard après avoir passé une vie à taquiner autant d'Arabes que de Français (pléonasme en 2050).

De 1199 à 1212, Philippe Auguste passe son temps à conquérir de nouveaux territoires pour les annexer à la France. Il met à l'amende l'Auvergne, la Champagne, récupère la Normandie et passe son temps à poser ses couilles sur le front d'à peu près tous ses rivaux. Le mec est tellement puissant que ses rivaux finissent par monter une équipe pour aller soulever Philippe Auguste, dont l'insolente puissance commence à éclabousser tout le monde. Après plusieurs escarmouches et péripéties, une coalition se forme entre plusieurs protagonistes pour aller affronter le roi de France. Tout d'abord il y a son ancien allié, Jean sans Terre, qui n'en finit plus de bander en imaginant qu'il va quitter son Angleterre de merde pour venir régner sur la France, et savoir ce que ça fait que d'avoir du goût et pas de pluie. Ensuite, il y a l'empereur allemand Otton IV, alors lui, c'est le genre de mongolien sans tuteur qui a essayé de reprendre la Sicile et de s'attaquer au pouvoir du pape alors que « ça ne se fait pas ». Non content d'être privé de faire du camping en claquettes chaussettes comme un gros fils de pute d'Allemand, il est aussi excommunié. Il continue toutefois d'être empereur, mais sans Église fixe. Dernier larron de la bande et artisan principal de celle-ci : Renaud Dammartin. Renaud était l'ami de Philippe Auguste, et bien qu'il ait combattu contre lui sous la bannière anglaise, Philippe Auguste lui avait pardonné car il avait fait cela pour obéir à son père. Il faut imaginer que dans cette époque où l'honneur était tout, un roi pouvait pardonner un homme qui avait pris les armes contre lui par piété filiale. Et cela juste parce qu'il avait suivi un code de conduite supérieur à l'obéissance à son suzerain, pour n'obéir en premier lieu qu'à la hiérarchie paternelle. L'homme médiéval, qu'on qualifie souvent de brutal et d'expéditif, n'en était pas moins un « poète du vivre », il avait ses subtilités et sa patience propre, une morale forgée par autant de violence que de grâce. Renaud avait par la suite montré de plus en plus de distance avec le roi, qui l'avait pourtant sincèrement lavé de ses crimes. Puis la honte avait sans doute dû se muer en jalousie, et Renaud se retrouvait maintenant à fédérer une coalition contre Philippe Auguste...

Après une course-poursuite à cheval de plusieurs mois, le roi se retrouvait aux prises avec de nombreux ennemis qui traversaient la France pour se tailler une part de son domaine Royal. Quatre enculés aux trousses, dont un Allemand sans cerveau, le Sud à feu et à sang à cause de la croisade des Albigeois, les Arabes qui ne se décident pas à lâcher Jérusalem comme si c'était une antenne de la CAF, une vilaine qui l'attend à la maison, et malgré ces coups de pressions multiples, Philippe Auguste reste placide et tranquille. Un peu comme le mec qui s'appelle tout le temps « Snake » dans les films sur le Vietnam.

C'est fin juillet 1214, à Bouvines, que la guerre des gangs va s'achever. Ce gros mongole d'Otton IV a été excommunié en 1210, alors il se dit qu'il n'a plus besoin d'obéir aux lois qui empêchent les chrétiens de se battre le dimanche. Persuadé qu'il va surprendre le roi de France, il lance la coalition sur le camp du Français par ce beau dimanche de juillet. Mais Philippe « Snake » Auguste avait repéré le terrain comme une énorme fouine. Planté entre un étang et un bois, il n'est attaquable que de face ; la supériorité numérique, dans cette configuration en entonnoir, n'est plus un atout pour la coalition. Philippe Auguste se trouve en face d'Otton, la bataille commence et c'est une véritable boucherie, en première ligne, on meurt piétiné dans la mêlée. Eh oui, quand on réunit quatre-mille professionnels de l'abrutissance dans une clairière, il y a forcément un moment où des mecs de cent kilos vont marcher sur d'autres mecs de cent kilos. Le roi tombe de son cheval, car contrairement à Charles de Gaulle, il n'est pas en train de faire la guerre contre l'Allemand depuis l'hôtel Plaza de Londres. Non, « Snake », lui, est au milieu de la baston en train d'exploser des fifes avec une épée Coq Sportif en acier « forge de France » pour représenter l'artisanat de l'Hexagone. Des chevaliers le protègent immédiatement après sa chute, pendant qu'il change de cheval pour une monture plus fraîche. Eh oui, en 1214 on est prêt à crever pour permettre à son roi de remonter à cheval. Parce qu'on vit, on combat et on meurt avec le chef. Si ton président de la République tombe de cheval aujourd'hui, tu as qu'une envie, c'est de trouver une caillasse pour le finir et lui faire les poches pour aller t'acheter un Millionnaire et des capotes. Les lignes d'Otton cèdent et ce dernier est presque en situation d'être capturé. Terrorisé à l'idée de tomber entre les mains des Français, il se déguise, abandonne ses couleurs et bannières, puis prend la fuite comme une merde pour retourner pisser dans des gouttières à la fête de la bière de Munich. Le reste de la bataille est une longue suite de fracassages de gueules dans un paysage bucolique. Les rares soldats de la coalition qui survivent s'enfuient en désordre. Les Français font cent-trente prisonniers dont Renaud Dammartin le fulguro-traître. Officiellement, la coalition est dissoute dans la honte à Chinon en 1214. Philippe « the Snake » Auguste agrandit le royaume de France de façon considérable. Cette victoire absolue fait de lui une sorte de Mike Tyson médiéval mais sans la coke et les procès pour viol. Le mec ne dirige pas, il règne !

Après Bouvines il retourne en Angleterre humilier un peu Jean sans Terre pour faire de lui sa pute, le temps d'une expédition outre-Manche. Mais le pape lui ordonne d'arrêter de bizuter les Anglais qui sont déjà suffisamment en galère de devoir bouffer de la gastronomie de merde en plus d'avoir des rougeurs sur la gueule. « Snake » rentre donc en France finir la croisade des Albigeois contre le peuple d'Occitanie.

Fatigué de buter des Toulousains alors que le monde est rempli de musulmans, il décide de s'embarquer pour aller encore faire gonfler ses stats en amalgames dans une dernière croisade, que le gouvernement actuel qualifierait de « à caractère islamophobe ». Il meurt de fatigue en voyage et s'éteint à Mantes en 1223 après quarante-deux longues années de règne. Sa dépouille est présentée à Saint-Denis ~~aux clandestins sans papiers du 93~~ au peuple de Paris qui pleure sa royale dépouille. Ainsi s'achève la légende de Philippe Auguste, roi d'ombres et de lumières, dont la plus grande œuvre sera peut-être de nous laisser son fils, Saint Louis, Franco-Espagnol solide qui fut conçu par Philippe Auguste avec Blanche de Castille pour la plus grande gloire du royaume de France.

LA (VRAIE) JUSTICE AU MOYEN ÂGE

Longtemps coupable de laxisme, responsable de millions de récidives, incapable de punir convenablement les criminels, honteuse, la justice moderne de la République a trouvé un subterfuge pour masquer ses grandes et intrinsèques défaillances. Elle allait se construire comme nécessaire remède humaniste aux atrocités fantasmées de la justice au Moyen Âge. Elle allait essayer de nous convaincre que la récidive d'un violeur, ou d'un pédophile, n'est que le petit prix à payer pour ne pas voir la justice retomber dans la barbarie médiévale. Elle a donc fabriqué une histoire mensongère où les tribunaux du XIVe siècle seraient des boucheries, où le sadisme régnerait en toute impunité et comme seule réponse au moindre crime. La justice de la République ~~française~~ vous a menti sur la Justice française. Elle vous a fait croire au pire pour que vous lui excusiez de remplir ses prisons d'enfants gâtés avec consoles de jeux, téléphones et chaînes câblées. Pour vous faire accepter que Jean-Momo, le type qui a violé votre fille, a quand même bien droit à ce qu'une pute roumaine contactée sur Vivastreet vienne lui tailler une pipe gourmande dans le « carré familial ». Et ça au moins trois fois par semaine dans n'importe quelle prison de l'Hexagone. Elle vous a gavé d'images de propagande pour vous faire détester la justice du Moyen Âge, et vous résigner à accepter, par humanisme, de rapatrier les djihadistes, assassins violeurs et égorgeurs de Daech, pour leur éviter la peine de mort en Irak. Dommage qu'elle ne vous parle pas des tortures du Bataclan où une bande de rats s'est amusée à énucléer des Français avant de profaner leurs sexes avec des couteaux. Étrange qu'elle vous montre les dérapages de l'Inquisition pendant qu'elle relaxe, en première instance, Jawad le logeur de Daech. Elle est bien drôle cette République pleine de « liberté » qui n'arrive pas à condamner des pédophiles déclarés que nous connaissons tous parce que certains interviennent encore à la télé. Elle est bien gonflée cette République, de nous faire détester un Moyen Âge barbare pendant qu'elle loge gratuitement Salah Abdeslam dans une cellule conforme aux standards des droits de l'homme, avec chauffage à vingt-deux degrés celsius pour qu'aucun tueur de Français ne s'enrhume en détention.

Rétablissons ici la vérité sur la justice médiévale et finissons-en avec les mensonges que vous servent ces historiens collabos de Satan aux ordres de cette République démoniaque.

La première des choses à comprendre sur la justice au Moyen Âge est que l'on était jugé par son seigneur, donc par quelqu'un avec qui on avait des liens territoriaux, communautaires, et que l'on croisait régulièrement dans la vie de tous les jours. Quand on était convoqué, on savait qu'on avait déconné, le seigneur te regardait, et déjà, rien qu'a la gueule que tu faisais, on était déjà fixé sur ta culpabilité ou non, et sur ton niveau de romanichélisme. La chose était rarissime et très exceptionnelle. Oui, car accuser quelqu'un d'un délit sans preuves était un crime grave qui était puni sévèrement. On ne condamnait donc pas à la légère et l'on devait fournir une accusation consistante pour inculper un individu. Un juge ayant condamné à tort à la pendaison devait lui-même aller décrocher le cadavre du pendu au gibet, et l'embrasser sur la bouche devant une assemblée dans un rituel très codifié de « mea culpa ». En cas de faisceau de preuves ou d'éléments probants, on constituait une assemblée avec sénéchal, sergent, seigneur juge et homme d'Église de plus ou moins grande importance. Le procès devait se faire devant témoins afin qu'aucun abus ne puisse s'y dérouler sans que le petit peuple puisse s'en plaindre. La justice était une affaire publique qui devait se régler en public, comme au sein d'une famille où l'un des membres a trahi la quiétude du foyer. On donnait en premier lieu la possibilité au prévenu de faire l'aveu de son crime. Souvent, la honte d'être jugé devant tous, à l'heure où tout le monde savait tout de tout le monde, à l'heure où vos voisins étaient les voisins d'une vie entière, faisait avouer aux petits criminels leurs méfaits. Ainsi, la plupart payaient une amende, s'acquittaient de sanctions humiliantes à base de quatre ou cinq gifles publiques sur le cul, et repartaient en parfaite santé dans leurs demeures. C'était comme ça, neuf fois sur dix, car le seigneur aurait été bien bête de faire torturer celui qui labourait ses champs et faisait vivre de son travail le domaine seigneurial. Mieux valait pour tous, seigneur comme accusé, d'être en bons termes avec sa communauté, quand l'anonymat des grandes villes ne vous permet pas encore de vous comporter comme une merde sans en subir les conséquences sociales. Il faut dire que les procès étaient rares car les villes étaient petites, les hommes étant tous liés par des cousinages, par le travail ou encore par le lien de proximité qui se crée encore aujourd'hui dans les petits villages. De ce fait, la criminalité était presque inexistante ou concernait des querelles minimes. La deuxième chose à comprendre sur la justice au Moyen Âge c'est qu'elle était loin d'être aveugle. On prenait en compte ce que l'on savait du prévenu. S'il était un père de famille irréprochable, travailleur et sans histoires, on avait tendance à prendre en compte la réputation de l'accusé, son niveau de crédibilité et d'insertion sociale, ce que les autres pensaient de lui. On nommait cette réputation la *fama*. Et si on avait bonne *fama*, il était tout à fait possible de la faire valoir et de négocier sa peine avec succès. Cette justice prenait donc en compte votre passif au sein de votre communauté. Aujourd'hui, on juge le père de famille qui tire au 12 sur son cambrioleur avec les mêmes standards que la racaille professionnelle dont on connaît parfaitement les comportements et dont on connaît aussi l'irrécupérabilité. À l'inverse de la bonne ou de la mauvaise *fama*, il y a le statut de « marginal », c'était la façon dont on appelait le type d'accusés qui n'avaient aucune réputation connue. Qui étaient si marginalisés et absents de la vie commune que pas grand monde en avait quelque chose à foutre que les mecs se fassent pendre et sèchent au soleil trois ou quatre semaines. On estimait d'ailleurs que les marginaux, improductifs, individualistes, troubles, sans qualification, nomades ou vagabonds étaient une mauvaise graine à purger de temps à autre pour conserver une société saine et agréable à vivre. Leurs condamnations par la justice étaient d'ailleurs très populaires et les seigneurs qui faisaient preuve de sévérité envers ces derniers pouvaient s'assurer d'être très bien vus. Les peines concernant moins de soixante sous d'amende faisaient partie de ce qu'on appelait « la basse justice », en revanche, la « haute justice » concernait les amendes lourdes et les crimes plus graves, impliquant des meurtres ou des viols. Dans ces types d'affaires, l'accusation devenait plus consistante et il fallait monter un dossier solide pour franchir toutes les étapes du procès. Mais tout meurtre n'était pas forcément un « meurtre ». Sous Charles VI, la testo encore en vigueur en France nous indique que cinquante-sept pourcent des crimes enregistrés étaient des crimes commis « pour l'honneur », dans ces cas-là, le meurtre était considéré selon les termes de l'époque comme un « beau fait ». Un fils de pute s'était permis de mal vous parler, avait causé du tort à quelqu'un de votre famille, à vous-même et à la société entière, juges compris, on considérait qu'il était normal que vous alliez vous venger de façon proportionnelle au préjudice causé. À l'heure où les Français doivent s'agenouiller devant la racaille, il est inimaginable pour le soumis d'aujourd'hui ce que c'était que d'évoluer dans une société où l'on a donné le droit à l'honnête sujet de se faire justice dans la seconde qui suivait le crime. Imaginez le soulagement de ne pas avoir à faire des procédures interminables pour au final, aboutir sur une pauvre condamnation dont votre agresseur n'écopera qu'à moitié pour bonne conduite. Et cela des années plus tard, après que vous avez dépensé des fortunes en avocats. Imaginez la puissance que vous procurait le droit d'ouvrir en deux le moindre enculé qui mettrait une main au cul de votre frangine. Les mecs s'embrouillaient pour une offense, attrapaient tout ce qu'ils trouvaient, puis se finissaient dans une ruelle ou sur un chemin avec des pierres, des bâtons, un gobelet, une cuillère en bois, un nerf de bœuf ou tout ce qui pourrait calmer la racaille d'aujourd'hui. À l'unique condition bien sûr qu'on se donne la peine de frapper leurs crânes suffisamment fort et profond pour y créer une fracture ouverte qui endommage définitivement leur cortex cérébral. Du crime au tombeau, et tout ça sans la moindre intervention d'un juge gauchiste plein d'espoir en l'humanité pour interrompre la justice des justices. La criminalité prise à la racine. Le droit de pulvériser le moindre chien à grande gueule avec tous moyens qui puissent vous paraître adéquats. L'autorisation légale de purger la frustration de devoir laisser filer un énième voyou, sans lui avoir pété toutes les phalanges avec un bloc de granit qui laisse des granulés de pierre dans la chair explosée. Le droit d'être un homme, le droit de défendre votre honneur avec l'énergie de l'instant qui suit l'offense qu'on vous a faite.

Quatre-vingt-dix-neuf pourcent de la racaille qui terrorise les lâches qui parsèment l'Hexagone d'aujourd'hui n'auraient pas duré une minute au temps de Charles VI. Quand la France était encore peuplée de bipèdes munis de testicules, le moindre « wesh il t'arrive quoi » aurait provoqué des sommets de violence qui fileraient trois mois d'insomnie aux métrosexuels sans couilles qui nous gouvernent. Un paysan du XIVe n'avait pas encore été émasculé par Canal Pute, Yann Barthès et par les « Touche pas à mon pote » de chaque collabo que compte Twitter et la « presse française », le gonze était déjà fatigué de labourer son champ toute l'année alors croire qu'il a envie de gérer « l'enfance difficile » d'un zouave de cité serait illusoire. Il lui attraperait la tête avec ses mains de travailleur éternel, puis la fracasserait contre une enclume ou un angle de table avec toute la force qu'il faut pour traiter les problèmes liés à « l'insertion des populations périphériques » de façon adaptée. Le cerveau de la jeune racaille serait à l'air libre et cela ferait rire tout le monde. Ensuite, on irait faire fondre sa « main de Fatma » chez le forgeron pour l'échanger contre deux moutons et une poule pondeuse de race berrichonne. Puis le soir, autour du feu, on improviserait une petite pièce de théâtre où le rigolo du village se mettrait une queue de bouc séchée sur le crâne pour rejouer la scène en rigolant de la coiffure de néosalope de ce bipède qui parlait trop fort pour continuer à respirer le même air que le reste de l'humanité. On aurait laissé son cadavre dans un fossé à la sortie du village et quelques chiens errants auraient dispersé des débris mastiqués de sa cage thoracique à une centaine de mètres du reste de sa dépouille minable. Coût de l'opération ? Juste les calories pour alimenter la force nécessaire pour attraper un crâne en pronation et le propulser par un mouvement de piston vers une masse statique angulaire. Ce genre de scène aurait eu lieu partout en France et « le problème des quartiers » aurait été réglé en dix jours grand max. Cinquante ans de politique sociale à coups de millions pour se faire emmerder par quatre ou cinq zouaves, que seul un trajet à grande vitesse de leurs crânes contre un objet statique à forte densité moléculaire pourrait soigner d'être ce qu'ils sont. Cinquante ans de justice qui bande mou alors que les paysans du Moyen Âge avaient la solution bien avant que le mondialisme nous chie par son infatigable anus apatride la moindre tour HLM. La voilà la tragédie de la France du XXIe siècle, elle est prête à dépenser des millions sur un demi-siècle pour éviter de devoir se salir les mains quelques secondes pendant que le couperet tombe. Ou quelqu'un de courageux prend la décision que cette racaille est irrécupérable et que la société se portera bien mieux si une épée à deux mains heurte à cent-trente-huit km/h exactement, et de façon perpendiculaire, ses deux cervicales. Ce moment très médiéval où il n'y a plus d'issue pour celui qui a fauté trop lourdement et qui doit en récolter les fruits devant tout le monde. Pour le bien du reste de l'humanité, pour la pédagogie, pour l'exemple, pour les victimes, et aussi un peu parce que ça détend de regarder un fils de pute morfler de temps en temps.

La République s'est ensuite mise à expliquer que la justice médiévale était plus clémente avec le riche et donc plus injuste. Comme si aujourd'hui les riches étaient jugés comme les pauvres... Les archives du tribunal de Paris montrent qu'au XIVe siècle, le maire de Fontenay-sous-Bois, surnommé « Arnaud le Larron » fut condamné à mort puis pendu comme n'importe quel autre sujet du roi pour avoir commis de trop grands crimes. Qu'est-il arrivé à Jérôme Cahuzac un fois preuve faite de sa haute corruption ? Rien ! Ainsi donc, cette pute de République qui nous vend un Moyen Âge barbare et injuste, semble avoir du mal, de son côté, à gérer ses « fichés S », ses politiques corrompus en état de totale impunité et autres racailles qu'elle fabrique en masse. Comme je vous l'expliquais précédemment, la torture était rarissime, moins d'un cas sur cent accusés convoqués. Mais lorsqu'un solide faisceau de preuves vous accusait, et que vous aviez commis des crimes irréparables, effectivement, la torture pouvait devenir un moyen de faire de votre cas un avertissement.

Pour comprendre la fonction vertueuse de la torture publique, il faut se plonger dans une époque où la communauté était vécue comme la famille élargie. L'individualisme étant presque absent, se livrer au meurtre contre un fermier du hameau c'était attaquer le hameau dans sa globalité. Tuer un villageois, c'était commettre un meurtre contre le village entier. Ainsi, les accusés pris sur le fait ou très très très fortement soupçonnés ne s'en sortaient pas grâce à un avocat vicieux, spécialiste de la ritournelle de l'alinéa 4 du Code pénal de l'article 5 de mes couilles. Il était d'abord passé à tabac par la communauté pour une première séance éducative. Il était ensuite fort soulagé d'être accompagné au tribunal par des gens en armes qui puissent garantir qu'il vive assez longtemps pour être jugé. Le seigneur procédait à l'écoute des versions des uns et des autres, puis prenait la décision, dans le cas d'une « très forte présomption », de faire passer l'accusé à la petite question. Cette étape n'était qu'un entretien à huis clos où il était fortement recommandé au prévenu de bien défendre sa version ou, dans le cas contraire, de tout dévoiler dans un aveu sincère sans omettre le moindre détail. La plupart du temps, l'individu cherchait à être le plus honnête possible afin de bénéficier d'une éventuelle clémence. Dans le cas d'un aveu rapide, la possibilité de ne pas être tué était envisageable ; mutilation, torture ou bannissement valaient mieux que la mort. Mais certains petits malins étant d'éducation ou de culture moins honnête, persistaient à nier l'évidence. Dans ce cas-là, plusieurs étapes les séparaient encore de la torture. En premier lieu, on ne faisait que lui montrer les instruments avec lesquels on allait le supplicier. Souvent, la simple vue d'un bourreau un peu trisomique sur les bords en train de caresser une scie forgée de cinquante-huit centimètres de largeur, en rigolant comme un énorme névrotique, faisait lâcher le morceau à la très grosse majorité des accusés. Mais d'autres têtes brûlées continuaient à nier l'évidence. Là, le foutage de gueule n'étant pas toléré, on commençait à chatouiller le mec avec deux ou trois poulies à clous et quatre ou cinq déboitages de membres. Les séances de torture ne devaient pas dépasser un temps bien précis, on faisait assister la séance par des témoins neutres qui devaient se porter garants que la « question » ne devienne pas contraire aux préceptes du Christ (acharnement, sadisme). Il était d'ailleurs interdit de torturer plus de deux fois dans la journée dans un volume maximal de quatre séances de tortures sur quatre jours incompressibles. Passé ce chiffre butoir, le prévenu était relaxé. Les documents d'époque stipulent qu'il était obligatoire de soigner et de réconforter le prévenu entre deux séances de torture avec nourriture et soins médicaux. Paradoxe étonnant, certes, mais la volonté de justice ne devait pas se faire contre les préceptes de Dieu. Ainsi, bien que la torture ait existé, elle était fortement déconseillée et extrêmement surveillée et codifiée. On ne l'appliquait qu'en cas de certitude absolue de culpabilité. Et encore, aucun juge ne voulait commettre d'erreurs judiciaires qui puissent lui coûter le salut de son âme. Il n'est donc pas exagéré d'affirmer que la très grande majorité des suppliciés étaient coupables, car leurs souffrances engageaient pleinement la responsabilité du juge. C'est dans ce cadre de prudence qu'apparurent les « tourmenteurs », des spécialistes de la « question » qui vinrent remplacer les traditionnels bourreaux jugés trop peu experts. Leur avènement à partir de la seconde moitié du XIVe siècle s'accompagne de règles encadrant la torture. Notamment la plus importante qui consistait à respecter la règle selon laquelle les tortures ne devaient en aucun cas générer de séquelles, ou un handicap momentané. Nous sommes donc loin de la figure de l'innocent massacré arbitrairement par une justice en soif de supplices.

Dans le cas d'une culpabilité prouvée, la condamnation était prononcée et devenait un objet cathartique en soi.

Il faut imaginer la nuit qui précède l'exécution... Le criminel, un incurable violeur d'enfants ou un meurtrier en puissance, gorge ses poumons contractés d'inquiétude de l'odeur putride du cachot plein de merde et de pisse dans lequel il attend son heure. À quoi pense-t-il, ce rat piégé ? À quoi pense-t-il, cet homme réduit à ce tube digestif en attente d'être exécuté, maintenant qu'il n'y a plus d'issue ni de pardon possible, maintenant qu'il va devoir payer l'addition d'une vie passée à semer le malheur ? Certainement que quelques heures avant de passer sur le billot, il est prêt à jurer de son innocence devant Dieu, sur la tête du Christ ou celle de ses enfants. Sur la tête de n'importe qui d'autre que sur la sienne, qui commence déjà à tourner devant l'imminence du précipice. Il jure sur toutes les têtes possibles de l'univers. Peut-être pas encore sur « la tête à sa mère », comme c'est maintenant la mode dans l'Europe du XXIe siècle, mais il jure quand même sur tout et n'importe quoi. À ce stade, il est devenu inaudible, il est déjà cet objet organique désincarné qui sera supplicié sur la place publique dans quelques heures. Il voudrait déjà divorcer de son corps pour sauter l'étape du grand sacrifice mais il oublie que le Christ, même fils de Dieu, a dû passer par là, en pur innocent. Alors lui, le coupable absolu, le traître à l'espèce humaine, comment pourrait-il sortir de son corps avant d'avoir éprouvé l'ultime souffrance ? Les vivants le regarderont mourir. Pas pour qu'il paye quoi que ce soit ou qu'il en tire une quelconque leçon. Pas par vengeance ou sadisme, Non ! Il doit mourir pour que sa mort fasse du bien à la communauté. Pour que la justice cosmique puisse emplir l'atmosphère terrestre d'une douceur unique : celle du crime commis qui va être puni. Un acte de mort a eu lieu et l'univers a été perturbé, alors pour que l'univers retrouve son cycle immuable il faudra que le fauteur de troubles soit sacrifié. Il faudra que nous sentions tous, au fond de nous-mêmes, que sa souffrance à lui, rachète notre angoisse à nous. Nous étions dans un paradis terrestre rempli de bonté et quelqu'un y est entré de force pour y répandre le Mal, quelqu'un a souillé ce paradis et maintenant, ce paradis brûle. Il nous a confisqué la paix et les certitudes que le bonheur est éternel. Et nous, que pouvons-nous lui confisquer ? Il n'a rien construit, ni pérennisé. Il est cette terre brûlée qui n'a rien de fertile à offrir. Il a simplement *détruit*, et aujourd'hui, aujourd'hui nous allons te *détruire* à notre tour. Nous allons méthodiquement éradiquer le Mal que tu incarnes en sacrifiant ta chair au dieu cathartique de la justice. Tu seras un Christ inversé, tu mourras pour n'avoir racheté aucun des péchés du monde.

Il guette le moindre bruit car il sait qu'on viendra bientôt le chercher pour voir son dernier soleil. L'ultime promenade du mort parmi les vivants. Les pas se rapprochent, le verrou qui hurle son métal et... C'est l'heure ! Le sang afflue à la figure, les tripes se liquéfient, les oreilles se durcissent et les épaules se contractent. Le sang quitte les membres externes pour venir se réfugier près du cœur. Le corps sait déjà ce qui va se passer en haut de l'escalier. On ne sent plus ses jambes mais il faut quand même que le cerveau renvoie un peu de sang dedans pour qu'on puisse marcher. Il aimerait se dérober et, à ce moment-là, au plus profond de lui-même, il regrette sincèrement tout le mal qu'il a fait. Il comprend, il a une révélation, ça y est !

Maintenant. Il connaît et mesure la valeur de la vie, graciez-le ! Graciez-le car cette fois-ci, c'est promis ! Il ne recommencera plus jamais à faire le mal.

Mais...

Est-ce que les promesses dé-violent les fillettes violées ?

Non.

Est-ce que le repentir ressuscite les victimes ?

Non.

Est-ce que la lucidité d'avoir tué dé-tue les tués ?

Non.

Alors oui, Judas de tous les Judas, tu dois mourir. Tu dois mourir car on ne peut pas faire revivre les morts alors que toi, toi on peut te tuer. Quitte à ne pouvoir défaire le mal, alors autant empêcher le Mal de profiter du Bien.

La lumière blanche lui éblouit le visage, il faut dire que le Mal a les paupières fragiles au soleil. Les insultes fusent, récolte ta haine avant de passer de l'autre côté, récolte les fruits du malheur que tu as cultivé viol après viol, meurtre après meurtre, récolte le dernier cadeau de ton maître qui s'est joué de toi et rigole avec la foule. Car le Diable est le paraphe qui se trouve à côté du tien, aux termes du contrat que tu as signé avec lui. Quand on partage un *double cheese* avec le Diable, il ne faut pas s'étonner de se retrouver un jour ou l'autre dans son assiette. Il n'éprouve aucune pitié pour ceux qu'il trahit, ce qu'il fait de lui l'exacte inversion de la Puissance Divine.

Tu te souviens de l'impunité ? Tu courais vite et tu étais malin. Mais regarde où tu es aujourd'hui, on a fini par t'attraper et maintenant que tu es pris, tu ne vas pas rater une microseconde de ta souffrance. Tout sera fait pour que tu n'en rates pas une miette. La foule exulte parce qu'un nain est en train de se foutre de ta gueule. Il mime toutes les atrocités qui vont profaner ton corps dans quelques minutes. À ce moment, tu n'as plus de passé ni d'avenir, tu es un animal fœtal renversé sur un billot et il n'y a plus aucun point cardinal qui puisse te faire comprendre si tu tombes dans le ciel ou t'enfonce dans la terre. Ton propre nom, aussi, finira par disparaître de la mémoire de tes derniers alliés. Tu n'as plus de certitudes, car à cet instant précis, l'univers se divise en deux entités absolues : il y a ton corps, et il y a le métal qui va le déchirer. On prononce ta condamnation, on rappelle tes crimes... Nouvelle fournée de haine, crachats qui viennent violer la peau de ta gueule en larmes. Tu ne te vois pas, mais tu es pitoyable. On pourrait presque te relâcher et te pardonner tant tu es dépourvu de défenses devant la machine de mort qui plonge ses yeux dans les tiens.

Mais...

Est-ce que les promesses dé-violent les fillettes violées ?

Non.

Est-ce que le repentir ressuscite les victimes ?
Non.
Est-ce que la lucidité d'avoir tué dé-tue les tués ?
Non.

Alors tu dois mourir. Tu dois mourir car ta souffrance va nous permettre de nous rappeler qu'il faut célébrer le miracle de la vie, le cadeau divin de la pulsation cardiaque que tu as interrompu chez ton prochain parce que tu es le Mal. Et le mal, quand on le prend, on l'éradique pour tout ce qu'il nous a fait. Tu ne vois plus le bourreau ni le nain, tu aperçois le manteau du sergent qui rentre et sort de ton champ de vision. Puis tu vois les coudes du bourreau qui font des allers-retours, qu'est-ce qu'il fait là le bourreau ? C'est quoi déjà l'étape après la lecture de la condamnation ? Et puis tu sens que quelque chose ne tourne pas rond dans ton cerveau, tu as une sensation bizarre dans le ventre mais comme tu es attaché tu ne peux pas mettre la main sur ton bide pour t'apercevoir que le bourreau est en train de trifouiller dans tes tripes avec un crochet à viande. Tu étais tellement en état de survie absolue que tu n'as même pas senti ce que tu redoutais tant. C'est plus le nain qui se fout de ta gueule, c'est ton propre cerveau. Il a anticipé que t'allais morfler le salaud, alors discret, il t'a envoyé un shoot d'endorphine pour que tu ne sentes pas la tambouille qu'on est en train de faire au milieu de ton intestin grêle. À ce moment-là, tu es persuadé d'être ultra lucide. Ce que tu ne vois pas, c'est que tu es en état de choc et que la foule voit juste un type en train de baver et de loucher dans un méli-mélo de gargouillis infâmes, inintelligibles et pitoyables. Tu ne le sais pas, mais tu ressembles vraiment à un pantin désarticulé complètement grotesque. Pour rien arranger au tableau, tu t'es chié dessus il y a au moins dix minutes, puis, toujours sans t'en rendre compte, avec le bourreau qui défonce ta vessie à la serpe, tu t'es pissé dans ton propre ventre comme le dernier des clowns. Il a l'air de quoi maintenant, le violeur ?

Tu t'aperçois que le nain a jeté un truc dans la foule, et que ça a fait marrer le sénéchal que tu avais déjà oublié sur l'estrade. Puis tu fais un effort de concentration visuelle et tu comprends qu'on vient de jeter tes deux couilles au milieu de la foule hilare. Des enfants difformes la ramassent et la projettent sur un bossu. Tu gerbes bien sûr, mais ça sort par ton thorax. Ça sort pas par le thorax la gerbe d'habitude, non ? Eh oui, pendant que tu regardais le nain jeter tes couilles sur un groupe d'orphelins, tu n'as pas vu que le bourreau avait sorti ton estomac par-dessus tes clavicules. Alors là, tu n'y comprends plus rien. T'essaies de toucher quelque chose avec ta main mais, elle aussi, le nain l'a jetée dans la foule. À ce moment des dernières secondes de ta misérable vie de profanateur profané, tu n'es plus qu'une sorte de fiente de chair et d'os. Tu voudrais pleurer tellement que ce qui t'arrive est horrible, mais avec tous les trucs qu'on a bidouillé dans ton corps, tes glandes lacrymales ne répondent plus.

Et puis enfin, uniquement parce que tu as aperçu le reflet suffisant du mal que tu as fait, tu meurs en silence. La foule se disperse et initie la réaction en chaîne : l'odeur de bile et de chiasse contamine l'air. Maintenant qu'on t'a saccagé comme il était juste qu'on te saccage, on regarde ta dépouille en flammes et on a honte de t'avoir fait ce qu'on t'a fait. Avant que tu ne deviennes un monstre, tu as été une créature de Dieu comme une autre. Et puis tu as fait des choix. Et ces choix t'ont amené à galoper avec le Diable. Et le Diable adore jouer. Surtout avec le feu. Tu as cru qu'il allait faire de toi son égal. Mais ta courte vie de violeur et de meurtrier vient d'être livrée à l'infatigable travailleur des forges de l'Hadès. Peut-être que la foule ne vaut pas mieux que toi, peut être que finalement tu ne méritais pas qu'on mette des coups de serpe dans ton œsophage, puis qu'un nain jette tes couilles sur les enfants qui traînent près du chariot du « ligotier ».

Mais...

Est-ce que les promesses dé-violent les fillettes violées ?

Non.

Est-ce que le repentir ressuscite les victimes ?

Non.

Est-ce que la lucidité d'avoir tué dé-tue les tués ?

Non.

Alors ils ont bien fait de te crever, charogne !

DES HOMMES ET DES CATHÉDRALES

Le Moyen Âge est aussi le temps sacré de l'édification de ce que l'homme occidental a produit de plus pur, de plus beau, de plus appliqué, de plus personnel et de plus monumental de toute son histoire. Construire une cathédrale, c'était entreprendre de souffrir un travail d'orfèvre d'une délicatesse indicible pour mourir sans en voir la finalisation. C'était la tentative de fabriquer un escalier titanesque qui soit digne de nous permettre d'aller frapper aux portes de Dieu pour lui dire toute notre foi, notre amour et notre nihilisme mystique. Par ce sacrifice, par cette infinie maîtrise technique à la gloire du seul Christ, nous allumions un grand feu dans nos tripes et nos poumons pour extirper de la gravité de la terre des flèches célestes. Des flèches gothiques flamboyantes qui allaient dire à Dieu que le sang de ses enfants bouillonne ici-bas. Que l'homme européen est un fauve civilisé, une bête féroce, domestiquée par la transcendance de la maîtrise artistique. Un Titan, oui ! Mais humilié devant la gloire éternelle de Dieu. Édifier une cathédrale, c'est aller dire au Tout-Puissant « je t'aime car tu es la force créatrice qui soulève un milliard d'atomes sans limite d'espace ni de temps ». Comment vous retranscrire cela avec ces mots qui ne veulent plus rien dire depuis trois siècles déjà ? Comment vous parler des cathédrales à vous qui pensez qu'elles ne sont ni vivantes ni organiques ? Comment trouver les nouveaux mots pour vous parler des anciens rêves ? Comment vous dire ce que seul Dieu a pu écrire ? Comment vous raconter notre passé, notre patrimoine, l'héritage de nos ancêtres ? Le sang, les larmes et la sueur sont le seul et unique mortier des cathédrales. Travailler toute une vie à la construction d'une cathédrale que l'on ne verra jamais... C'est le cadeau délaissé méprisé de nos pères. C'est le témoignage magnifique que nous avons su vivre autrement qu'en esclaves de travaux vils et exempts de toute beauté. C'était la besogne volontaire, le fardeau que l'on se donne par amour de soi et de l'autre. On naissait pendant le chantier d'une cathédrale, puis on mourait trois siècles avant qu'elle ne soit achevée. Et pourtant, elle avait enflammé l'imaginaire de ceux qui l'avaient entreprise ou simplement admirée à sa genèse. Elle avait inondé de puissance et d'éternité nos aïeux avec une force incompréhensible pour l'individu moderne. Mais une cathédrale, avant d'être un monstre psychique, est un Titan physique concret. Les fondations d'une cathédrale font treize à seize mètres de profondeur. C'est-à-dire treize à seize fois plus que n'importe quelle merde de bâtiment livide que le XXIe siècle peine à bâtir avec engins et ouvriers modernes. Une cathédrale c'est de cinquante à trois-cent-quatre-vingt-mille tonnes de pierres assemblées à la main par des générations entières de maîtres artisans et d'ouvriers diverses. Ce sont des flèches de soixante-dix à cent-soixante mètres de haut érigées à une époque où évoquer un harnais de sécurité, c'est prendre un procès pour sorcellerie. Une cathédrale ce sont des murs porteurs de quatre-vingt-dix à deux-cent-trente centimètres qui font honte à vos cloisons de « lofts » en Placoplatre de gros métrosexuels parisiens en trottinette. Une cathédrale, c'est entre trois et huit siècles de travaux interrompus sans employer ou sous-traiter le moindre Turc sans papiers qui va se poser sous une voûte en chantier pour y fumer une malbac et se descendre une 8.6 de gogole. Une cathédrale ce n'est pas un fils de pute de chez Eiffage ou Areva qui va chiffrer son chantier en grignotant sur la qualité du ciment. Ce n'est pas une commande qui va être planifiée par un mec qui s'appelle Gian Giacco Enculini pour aller se faire sucer dans une Ferrari 488 spider aux Maldives avec le pognon du budget « gargouilles et dorures ». Le chantier d'une cathédrale reposait sur l'expérience de « maîtres » qui étaient issues de véritables lignées d'artisans. Ils avaient passé dix à quinze ans de compagnonnage en tant que « varlets » et devaient, afin d'être validés par les plus anciens, présenter un « chef-d'œuvre ». C'est-à-dire un artefact de leur propre confection, qui devait faire l'étalage de leur grande maîtrise sur toutes les spécificités de leurs domaines respectifs, acquis en dix longues années de travail. Un varlet charpentier pouvait réaliser une maquette de charpente à quadruples ogives avec multiples clefs de voûtes. Un varlet tailleur de pierre pouvait présenter une couronne d'épines en roche massive, qu'il avait taillée sur plusieurs mois pour donner l'illusion d'un véritable branchage de granit. Les corporations de métier fonctionnaient déjà sur le « compagnonnage » connu actuellement. On entrait dans une grande famille qui possédait ses codes, ses rites, ses traditions, sa solidarité, ses secrets, son propre système d'épargne dans une caisse retraite avantageuse. Il faut dire que le chantier était rude et meurtrier. On s'arrêtait l'hiver car le mortier gèle, et on a laissé place au vitrier qui, lui, profitait du froid pour calmer la fournaise du verre brûlant. Le chantier déployait lentement tout son art. Les intervenants échangaient une partie de leur savoir-faire et l'ouvrier bâtisseur, l'artisan français du XIIIe siècle, devint l'ouvrier le plus précis et le plus habile de tout l'Occident. Peut-être au coude à coude avec l'éternel esthète italien, et son rigoureux cousin germanique. Plus largement, les guildes d'artisans étaient de véritables aubaines pour celui qui cherchait à évoluer socialement par sa maîtrise et sa dévotion à son art. Les cathédrales, c'était la seule et véritable Europe. On se reposait sur l'expertise d'un architecte allemand, un vitrier italien aux doigts d'or, quelques charpentiers du Béarn, des ouvriers d'Auvergne, des sculpteurs provençaux, une poignée de peintres espagnols. Chaque corps de métier avait ses représentants, ses conseils, on respectait l'artisan bien plus qu'on ne devrait respecter les merdes qui nous reçoivent derrière des bureaux administratifs aujourd'hui. Des bureaux de paille aussi larges qu'il le faut pour cacher le fait qu'ils n'ont absolument aucune compétence qui puisse être respectée au Moyen Âge. Que vaut un psychiatre, un huissier, un vendeur d'assurances, à l'heure où il faut construire de la valeur physique et matérielle avec ses mains ? Que vaut un conseiller d'orientation en l'an 1258 ? À quoi sert-il cette merde si on veut bâtir Saint-Cécile à Albi ? Ou Saint-Nazaire à Carcassonne ? Il ne sert à rien, parce que le dépouillement parfait de l'an mil nous rappelle qu'il est une merde qui ne prospère que sur la dégénérescence d'une société basée sur des concepts et du vent. Il redevient instantanément ce clodo inefficace qui méprise les ouvriers, mais qui, pourtant, ne sait rien faire de ses putain de dix doigts. Cet homme qui trifouille du papier où sont consignés les petits rouages médiocres d'une société beaucoup trop compliquée pour être saine. Cet homme demi-femme qui boit son « Starbucks coffee » par petites gorgées demi-sonores de lâche, pendant que sa trottinette électrique charge sur une infâme borne électrique « Mairie de Paris ». Ce chien sans race ni lieu-dit, cette pauvre poire sans patois ni aïeux, qui rêve à des trucs minables. En l'an mil, on rêve de toucher le ciel, l'individualisme presque absent induit d'autres manières de concevoir le temps. L'artisan est une poussière parmi d'autres poussières dans le règne de Dieu. Alors avec toute la conscience de sa place, il vient réaliser des chefs-d'œuvre journaliers pour laisser un héritage que d'autres devront finir puis entretenir. Il a la sagesse et la foi pour exécuter des tâches ingrates que ses frères en métiers devront perpétuer, compléter puis peut-être contempler une fois achevées dans quelques siècles. Il vient avec ses vingt-cinq ans d'expérience prêter son seul trésor, son art, à l'édification de cette fierté commune que représente la cathédrale. C'est la somme de l'énergie et du cœur des gens du pays. On y participe comme leveur de pierre, comme mécène, comme porteur d'eau, comme artisan, comme architecte, comme charpentier, tailleur de pierres ou cuisinier. On fait tout cela sur des vies qui n'excèdent pas la quarantaine, parce qu'on croit en Dieu et en notre capacité à transmettre nos valeurs à nos descendants. « Dans mille ans, ils regarderont cette cathédrale achevée et se souviendront du feu qui habitait leurs ancêtres ! »

Pauvre d'eux... S'ils avaient su ce que leurs petits-enfants commettraient... S'ils avaient su la lâcheté de leurs descendants. Si vous saviez, vous, nos lointains pères de l'an mil, comme on moque et dédaigne le trésor sacré que votre sang et vos rêves nous ont laissé. Si vous aviez su que Notre-Dame a brûlé sous les rires gras des communistes et des charia-friendly qui peuplent désormais notre pays par millions. Si vous saviez ce qu'est devenue notre Terre. Si vous saviez ce que nous avons fait de votre sacrifice, de votre espoir et de votre héritage. Si vous saviez que tout cela tombe en ruines car on préfère donner une couverture maladie « sans avance de frais » à tous les parasites inféconds en patrimoine de l'univers, plutôt que de rénover le fruit millénaire de notre sang. Nous dilapidons de précieuses ressources dans la tentative de pacifier, en vain, les bêtes sauvages qui mettent à feu et à sang notre pays. Un jour, nos cathédrales de mille ans seront à la merci des barbares vainqueurs de notre civilisation. Mais ces barbares ne seront ni des Francs, ni des Wisigoths, ce seront un type de barbares qui haïssent la réussite, l'excellence et notre civilisation. Qui haïssent ce qu'ils n'arrivent pas à égaler. Un jour, on réécrira l'histoire des cathédrales ou on les détruira.

On réécrira leur histoire pour affirmer qu'elles furent construites par nos envahisseurs.

On les détruira car elles seront trop insolentes pour les barbares vainqueurs qui ne sauraient reproduire leur perfection. Vexés, ils les détruiront pour que personne ne sache que les nouveaux maîtres de l'Europe ont vaincu une culture qui leur était supérieure en tous points.

Et l'héritage que nous pensions éternel s'effondrera après avoir tenu debout mille ans. Parce que nous sommes des traîtres indignes et des incompétents. Des lâches et des tergiversateurs professionnels. Des merdes gâtées qui ne comprennent pas qu'ils vivent et meurent sur un tas d'or que convoitent tous les médiocres de la Terre. Les ~~Français~~ fils de la Révolution ont fêté l'incendie de Notre-Dame car ils ne savent pas que les cathédrales sont l'héritage le plus pur de la classe ouvrière. Ils ne savent pas que les cathédrales sont les joyaux du peuple, qu'on voulait absolument participer à leur construction parce que cet édifice était le seul où le puissant roi entre par la même porte que le lépreux. Que les cathédrales étaient l'instrument du social et de l'égalité de traitement à une époque où le seul humanisme se trouve dans le cœur sacré des basiliques. Ils fêtent l'incendie de la culture européenne, ils dansent autour du brasier qui consume le culte de l'excellence qui a fait notre brillante histoire civilisationnelle. Ils se repaissent du feu qui brûle l'espoir, la foi et le travail du père des pères de nos pères. Ils contemplent la fin de l'œuvre christique d'amour universel.

L'amour, cette puissante force qui a triomphé de l'âge des ténèbres et qui brûle devant eux. Ils s'en régalent ces démons, car ils ne reconnaissent pas ce magistère. Ils sont les fils du grand ricanage des lâches, les disciples du médiocre et du vil servi par vingt ans de Canal + et cinq autres de Yann Barthès. Ils sont les enfants de la sous-culture, du culte d'une Europe honteuse et soumise. Ils sont les nouveaux triomphateurs de ce siècle où Jamel Debouzze est érigé en roi. Ce siècle où l'on moque la vieillesse et les valeurs chevaleresques. Ce temps maudit où les lâches dominent les forts et les purs par des lois et des conventions sociales de haute facture castratrice. La fin des Titans, le crépuscule des idoles oui ! Mais pour les remplacer par des merdes humaines en sursis. Et quand viendra le temps de l'ultime violence, quand viendra le temps du déclin anarchique de l'Europe, redressez-vous une ultime fois en mémoires de nos pères, nos Titans, pour que le grand incendie frappe aussi fort celui qui l'a allumé.

LA CROISADE DES ENFANTS

En 1212, les gosses qui naissent ne rêvent pas à jouer aux Playmobil ou aux Legos de fragiles. Leurs parents sont pauvres, ils mangent régulièrement les mêmes potages chiants sans le moindre morceau de barbaque, et, pour la plupart, ont déjà vu mourir leurs frères et sœurs en bas âge. Ils sont nés paysans et mourront paysans. Élevés à la rude par des pères avec des avant-bras velus de brutasses qui s'appellent « Gastou » ou « Benyat », les gosses prennent des enchaînements de boxe au moindre pet de travers. À huit ans, un enfant médiéval a certainement plus de mental que les merdes de quarante piges qui traversent Paris avec des tapis de yoga en baissant les yeux, devant les chances pour la France de douze ans en survet du Bayern qu'ils croisent. Un enfant de huit ans, au début du XIIIe siècle, a déjà vu dix ou quinze personnes mourir, dont cinq étaient ses petits frères et sœurs. Un gosse médiéval de huit ans sait attraper un faisan sauvage en imitant des hululements de chasseur sexagénaire, lui péter les cervicales et le plumer pour le manger sans le moindre regret de lâche de végétarien. Il est déjà dix fois plus un homme que les merdes en col roulé qui se bousculent chez le psychanalyste. Très certainement que le petit Gonzague de l'an mil, dix ans, rote, pète, se coupe la moustache et a une démarche plus assurée et virile que quatre-vingt pourcent des merdes d'étudiants qui bossent à Jardiland pour conseiller les pouffes qui viennent acheter de l'aloe vera, parce qu'elles ont vu qu'on peut faire des masques en foutre de plante dans le dernier *Grazia*. La vie qui se présente à eux, dès l'âge où l'on commence à travailler, se résume à un enchaînement éternel de saisons où l'on retourne la terre par cycles naturels. Ces gosses, qui pataugent à moitié nus dans leurs bourgs perdus de Champagne ou du Berry, ne rêvent pas. Et quand ils rêvent, ils rêvent à des trucs d'inquiets du genre se taper la fille du voisin ou à manger du friton, parce que c'est gras et que le gras, *c'est la vie*. Et quand ils comprennent que la fille du voisin va se marier avec le boulanger, il ne leur reste plus qu'a se résoudre à une vie de branlette sauvage en pensant à leur propre sœur. Certains s'en accommodent, d'autres, désireux de connaître l'aventure, couchés dans la paille sèche de juin, rêvent à faire les croisades. En 1212, quand un gosse s'endort, même à neuf ans et demi, il est tellement rude qu'il rêve déjà de meurtres de masse en Terre sainte. À peine il ferme les yeux qu'il est déjà en train de trôner sur vingt-quatre cadavres de Maures encore chauds. Son doudou à lui, c'est d'imaginer depuis son lit de paille plein de tiques, la branlée qu'il va mettre à tous ces enculés d'infidèles qui ne lui ont rien fait mais qui la méritent quand même. La Terre sainte, il ne sait pas où c'est, il imagine encore le monde plat et les Maures ? Ça doit être des sortes de tritons à tentacules. Il ne voit pas bien la gueule qu'ils ont mais il a quand même la certitude que les réponses aux grandes questions existentielles de ce monde se règlent quand même pas mal en faisant un gros kebab-RPG des familles en Terre sainte. Souvent, l'enfant en question ne sait pas lire, sa connaissance du monde se résume à sa fonction de paysan et de fermier. Alors quand il décide qu'il va partir en Terre sainte, il pense que c'est à trois ou quatre jours maximum de l'endroit le plus loin où il est déjà allé. « Les Maures sont juste derrière la montagne » ça, il le sait avec certitude parce que le fils du charretier le lui a dit il y a cinq ans. C'est avec ce starter pack mental bien précis que partirent donc un grand nombre d'enfants du nord de la France vers la Terre sainte. Cette croisade improvisée fut lancée par un gosse très pauvre nommé Étienne. Originaire de Cloyes, il pense avoir reçu un message de Dieu qui lui assure pouvoir lui permettre d'aller en Terre sainte et que la mer Méditerranée s'ouvrira en deux pour l'y conduire sans bateaux. Tous les orphelins et enfants miséreux le suivent dans un élan de crédulité magnifique. Partout, on voit s'agglutiner jusqu'à trente-mille enfants qui chantent à qui veut les entendre qu'ils vont aller bombarder la Syrie et faire baisser les yeux à la famille de Kadhafi. On se chamaille, on crève parce qu'on s'est perdu dans les forêts, on n'a pas bouffé depuis quinze jours, la troupe qui était partie sans valise accuse le coup, ils sont reçus brièvement par le roi qui s'amuse de voir tous ces petits enfants lui raconter à quel point ils vont aller éclater du djihadiste en Arabie saoudite. Après avoir un peu rigolé à leurs conneries, le roi ordonne quand même à ses soldats de disperser la marmaille qui fout le bordel sur les routes. Les gosses refusent de se disperser alors les gardes royaux mettent deux ou trois coups de gourdin aux meneurs pour expliquer que c'est la fin de la récré. Bon, peut-être que les coups ont été donnés trop fort puisque leur nombre diminue grandement après cet épisode… Puis les chroniqueurs perdent la trace des enfants. Sans doute terrassés par la maladie et la faim, seuls quelques-uns d'entre eux auraient atteint Marseille. Là-bas, ils auraient attendu quelques jours que la mer s'ouvre. Voyant tous ces gosses agglutinés, deux marchands se seraient proposés de les emmener gratuitement en Terre sainte. Malheureusement, une fois en mer, les gosses se font enfermer dans les cales des bateaux par les deux marchands… En réalité, ils s'agissaient de deux marchands d'esclaves qui revendirent l'intégralité des gosses à un sultan maghrébin. L'autre bateau s'échoua et le reste des enfants moururent tous. Fin tragique de *la croisade des enfants.*

SAINT LOUIS, LES COUILLES INTER-PYRÉNÉENNES

Avant de parler de Saint Louis en soi, parlons un peu de son impressionnant pedigree génétique. Tout d'abord il faut vous rappeler qu'il est le fils de Louis VIII « le Lion » et de Blanche de Castille. Bon déjà, le mec a un père français et une mère espagnole. C'est-à-dire qu'à table on mange autant de Morbier et de Cantal que de Jambon Pata negra et de Queso manchego. Niveau pinard, c'est le festival, les grands crus de Bourgogne s'enchaînent avec « Bobal » et « Airen » bien tanniques. Et niveau génétique, la violence de Saint Louis ne s'arrête pas à papa et maman. Côté espagnol, Il est aussi le petit-fils d'Alfonso VIII de Castille. Celui qui a mené la charge avec les puissants Pierre II d'Aragon et Sancho de Navarre contre les Arabes à Las Navas de Tolosa en 1212. Le prestige de cette bataille étant issu du fait, véridique, que Sancho de Navarre finit sa charge à cheval dans la tente même du seigneur de guerre musulman. Qui ne devait pas s'attendre à ce qu'un Basque furieux déboule sur son tapis persan avec un « Potiok » de quatre-cent-cinquante kilos pour le décapiter. Bataille de toutes les provinces libres et chrétiennes d'Espagne contre l'envahisseur musulman. D'une violence inouïe, elle marquera le début de la Reconquista. À noter que les volontaires français et occitans jouèrent un grand rôle dans cette victoire. Preuve que « le projet Europe » ne se résume pas à subir des lois de submersion migratoires votées à Bruxelles.

Du côté français, le jeune Saint Louis est le petit-fils de Philippe « Snake » Auguste, le vainqueur de Bouvine. C'est-à-dire qu'il est le fruit d'une double lignée de grands-pères ratonneurs de djihadistes et d'Anglais. Autant vous dire qu'il fut très aimé de tous, le temps que dura son règne...

Personnellement, moi qui suis un Aragono-Castillan de race et Occitan de cœur, je ne peux que me réjouir à l'idée de vous présenter la qualité franco-espagnole dont Louis est le fruit. Fierté personnelle de voir que mon sang a contribué à faire les grandes heures de notre belle France.

Le petit Louis IX naît en 1214 à Poissy. Entouré de son lourd père et de sa mère, il baigne dans un catholicisme permanent qui sera le terreau de son excellence. Il grandit entre une daronne hispanique qui fait ses huit heures de prières journalières à base de « dios es la hostia » dans la petite chapelle du palais, et son grand-père « Snake » Auguste qui lui raconte les balayettes qu'il a mises à Bouvines entre deux café-calva. Rapidement, Saint Louis s'impose comme un roi épris de justice et de grandeur. Il modernise les institutions, uniformise la monnaie, renforce les frontières du domaine royal français. Instaure la présomption d'innocence, et rend lui-même régulièrement justice quand il en a le temps. La jeunesse du roi, le fait que sa mère soit étrangère, aiguise la cupidité de quelques barons qui se réunissent à plusieurs reprises à partir de 1227 pour tenter de lui confisquer son pouvoir et faire main basse sur le royaume. Parmi eux, Philippe Hurepel, Pierre Mauclerc le Duc de Bretagne ainsi qu'Enguerrand III de Coucy. Le jeune Saint Louis, qui peine déjà à faire rentrer ses deux énormes couilles dans son royal pantalon, décide à moins de seize ans, en 1230, d'aller lui-même calmer ces enculés avec son armée et les nombreux barons qui lui sont restés fidèles. C'est-à-dire que des mecs se mettent à cinq pour tomber sur un ado de quinze piges, et quand ils arrivent, ils voient un enfant de quinze ans et demi à la tête d'une armée qui vient sanctionner. Elle vient sanctionner par pure et simple loyauté à cet enfant qui n'a pas encore fini sa puberté mais qui monte déjà à cheval quand on lui lance un « nique ta mère » de travers. Autant vous dire que le jeune Saint Louis, à ce niveau de courage, n'a plus vraiment de poils sur les couilles mais plutôt une barbe sur chaque menton de ses deux testicules. C'est-à-dire qu'il doit emmener régulièrement ses burnes chez le tailleur pour qu'elles arrêtent de ressembler à Oussama Ben Laden au bout de trois semaines sans rasage. Il éclate ses ennemis un par un et finit en apothéose en faisant raser le château de la Haye-Pesnel. Sans doute pour faire un clin d'œil à son aïeul Louis VI le Gros, qui lui aussi aimait bien raser les châteaux des gens qui ne comprenaient pas le sens du mot « conséquences », et qu'il était nécessaire de rééduquer par une « pédagogie » adaptée. Quelle race de dirigeant pouvait produire de telles expériences ? Monter sur le trône à quinze ans, puis se battre la même année pour déjà le conserver. Enchaîner les campagnes lointaines et éprouvantes, à travers les saisons, pour gagner le droit légitime de régner. Croiser les paysans au détour de villages boueux pour qu'une seule fois dans leur vie, ils puissent apercevoir le roi. Apparition fugace et bénite de celui que Dieu avait choisi pour diriger les Français. On se racontait la scène pendant des années tant la chose était exceptionnelle, pour célébrer ce moment de grâce où l'on avait vu celui qui tenait dans ses mains le destin de tout un peuple. Imaginez le charisme que pouvait conférer ce genre d'expériences. À quinze ans, le jeune Louis devait avoir le regard plein de sagesse que l'on n'acquiert aujourd'hui qu'à l'horizon des soixante-dix ans. Une âme de vieillard, vétéran de mille-et-une batailles, emprisonné dans une frêle enveloppe juvénile. Toute la grandeur de ce que signifie être un roi dans cet étonnant paradoxe.

On ne devenait pas le dirigeant des Français au bout de trente-cinq années de politique vicieuse par le biais de minables petits calculs et de manigances. On était simplement le roi, pour le meilleur et pour le pire, par la grâce de Dieu. Et ceux qui vantent la démocratie comme régime le plus pur, devraient s'interroger sur la différence qu'induit le fait d'être dirigé par un enfant qui sait monter à cheval et parler latin, face à la fatalité d'être dirigé par des dindons déplumés, aussi flasques qu'impotents, n'ayant aucune expérience qui induise de suer par le travail. À part celui causé par la digestion des repas gargantuesques qu'ils font passer sur le dos du contribuable, heureux d'être enculé démocratiquement plutôt que d'être dirigé royalement. Que vaut une fouine telle que François Mitterrand face à l'immense Saint Louis ? Que vaut un gras et faible François Hollande face à un Philippe Auguste ? Que pèsent tous ces corbeaux sans relief, ni cage thoracique, face au jeune Louis, en armes, debout sur la plaine à quinze années à peine face aux ennemis de la France ? Qu'ont-ils de plus haut et de plus noble que le brave Louis, encore pur des calculs qui noircissent l'âme de ceux qui les agglomèrent par appétit de pouvoir aujourd'hui ? Pourquoi cet amour du Français pour cette République démocratique qui lui amène le terrorisme islamique et l'anglicisme progressiste ? Pourquoi glorifier une révolution qui fit remplacer Saint Louis par Maudit Macron ? Pourquoi encore célébrer ce régime qui va désintégrer la France dans moins d'un siècle ?

Saint Louis, à défaut d'élargir les trottoirs ou d'y mettre des trottinettes de sous-hommes à disposition, embellit Paris en y faisant construire une cathédrale qui survivra à deux guerres mondiales avant d'être officiellement « consumée accidentellement par une cigarette » huit siècles plus tard. « Cigarette » qui coïncidera avec une période d'attentats perpétrés par des ~~Catholiques~~ ~~Sikhs~~ ~~Boudhistes~~ ~~Hindouistes~~ ~~Juifs~~ ~~Chrétiens~~ ~~Orthodoxes~~ ~~Shintoïstes~~ ~~Animistes~~ ~~Protestants.~~

« Déséquilibrés. »

Cette période sera le point de départ historique de la plupart des cathédrales ; Saint Louis finance la majorité dans des proportions variables. On lui doit la plupart d'entre elles. Un peu moins inspiré, le roi Saint fait aussi construire la Sorbonne, glorieuse au départ mais sans savoir qu'elle sera le nid du gauchisme le plus satanique quelques siècles plus tard. Mais comment imaginer la possibilité d'un Cohn-Bendit au siècle de la Foi, de la Loyauté et de l'Honneur ? C'est un peu comme imaginer un Président de la République qui ne soit pas à genoux devant les ennemis de la France aujourd'hui. Science-fiction pure, trop éloignée du réel concret, du probable ou du simple possible.

Le roi fait aussi construire de nombreux hospices afin d'y accueillir aveugles et miséreux. Alimentés de rentes, ces établissements seront le véritable « social » tel qu'il aurait dû rester et devrait être. Il s'agit de prendre soin du démuni, du nécessiteux réel, et non pas cette sale et incurable racaille pourrie gâtée qu'abrite notre pays. Uniquement bonne à alimenter de réguliers bûchers. Dont l'efficacité est d'ailleurs beaucoup trop sous-estimée par nos tarloufles de contemporains, trop occupés à se faire égorger sans commettre d'amalgames pour comprendre qu'un tas de poutres qui flambe à sept-mille degrés c'est le moyen ultime pour que « je recommencerai plus » devienne une promesse tenable. En 1248, Saint Louis décide de partir en croisade parce qu'il a tellement pimpé la France qu'il décide d'aller embellir le bled avec deux ou trois églises. Le 5 juin 1249, le roi Saint déboule en Égypte et commence à distribuer des suspensions de droits à tous les Sarrasins de la cité fortifiée de Damiette, les habitants fuient la ville et les Français s'en emparent pour y préparer une marche vers Le Caire.

L'armée prend donc le chemin du Caire le 20 novembre 1249. L'émir Fakhr al-Dîn, qui est un peu le Morsay de l'époque, organise de nombreuses escarmouches pour harceler les croisés. Début décembre 1249, près de six-cents cavaliers musulmans attaquent les Francs à proximité de la ville de Sharimsah. Ils sont repoussés facilement par les croisés, mais malgré l'interdiction formelle de Louis IX de se lancer à la poursuite des soldats qui battent en retraite, les Templiers, par esprit de vengeance, désobéissent et tuent une bonne moitié d'entre eux. Fin décembre, la lourde troupe croisée arrive à proximité de Mansura et y installe un camp, régulièrement attaqué par les musulmans, la soif de violence ne fait que grandir chez ses hommes qui se battent loin de chez eux, pour un dieu et un roi qui représentent tout à leurs yeux. Pour attaquer la ville, il faut traverser un morceau du Nil appelé le Bahr al-Saghîr, mais Fakhr al-Dîn attend les chrétiens sur l'autre rive. Le roi, ayant appris d'un espion l'existence d'un passage à Salamûn, quelques kilomètres plus au nord, Louis IX décide d'y faire traverser son armée début fevrier 1250. Le très déter et violent comte d'Artois est l'un des premiers croisés à réussir la traversée sur l'autre rive et, faisant fi des conseils de prudence des Templiers, se met à charger le camp musulman comme un énorme abruti qui peut pas se retenir de faire des trucs violents au moindre « salam halikoum » qu'il entend. Il est suivi à contre-cœur par de fidèles Templiers qui, par loyauté et devoir, ne peuvent le laisser mener cette charge seul. Le camp est dévasté en quelques minutes sans que le moindre travailleur social puisse empêcher le massacre de se faire. Fakhr al-Dîn se fait tuer par un croisé, qui l'ouvre en deux comme une carcasse de vache à Rungis. Devant ce hit de violence absolue, pris de panique, l'armée adverse fuit en pagaille dans une déroute totale. À cet instant, au lieu de pas faire le trisomique et de se calmer un peu le temps de boire un petit Bourgogne pour attendre l'arrivée du reste de l'armée royale, Robert d'Artois, enivré de violence, se met en tête de débourrer les fuyards réfugiés à Mansoura. Il chevauche en hâte jusque dans la ville et se rue vers la forteresse, toujours suivi par ses fidèles Templiers qui avaient tenté de le raisonner une seconde fois, malgré le succès du premier coup de poker. Par un coup fatal du destin, des musulmans vaillants s'étaient réorganisés autour de Baybars, un chef Mamelouk, qui organise la contre-attaque. Toute l'avant-garde est massacrée ce jour-là.

Débarrassés de l'avant-garde des croisés, les musulmans chargent maintenant le reste de l'armée qui entreprend la traversée du gué. Ces branleurs d'arbalétriers, seuls en position de pouvoir s'opposer aux archers adverses, n'ont pas encore traversé. Et l'infanterie, surprise par la profondeur du fleuve, elle aussi est en train de glander sur l'autre rive. Pour éviter la catastrophe qui va s'abattre sur sa cavalerie, Saint Louis ordonne de charger les Mamelouks. Cette manœuvre lui confère un répit momentané, mais rapidement, les ennemis s'organisent et l'armée croisée subit de nouveau les charges musulmanes. Cette fine décision tactique permet aux arbalétriers d'enfin se bouger le cul et d'improviser un pont de fortune, puis de franchir le gué, et finalement de repousser la cavalerie maure « de l'autre côté du périph ».

Louis IX, aussi malin que son grand-père « Snake », fait solidifier le pont pour que l'infanterie traverse et puisse faire à son tour une éventuelle ratonnade. Mi-février, la troupe musulmane attaque de nouveau l'armée croisée mais est repoussée après une bataille extrêmement violente et meurtrière pour les deux camps. Mais le succès est de courte durée pour les combattants du Christ. L'accumulation des cadavres en train de pourrir sous un soleil de plomb génère une pestilence et une vague épidémique foudroyantes. Déjà qu'un Français au naturel, ça se parfume sans toujours se laver la raie du cul, alors quand ils transpirent, qu'on est au Moyen Âge, et qu'il fait soixante degrés à l'ombre, les « risques sanitaires » c'est plus vraiment la même chose que quand un kebab range la broche à viande à côté des fientes de rats à Châtelet les Halles. Le nouveau Sultan (et dernier sultan ayyubide effectif d'Égypte), Tûrân Châh, qui faisait du trafic de shit en Mésopotamie, arrive à Mansura le 28 février pour y réorganiser les défenses qui pâtissent déjà d'un problème d'organisation alors que sur place, tout le monde est turc et qu'il n'y a pas de raison de ne pas faire du « travail d'Ottoman » bien propre. Avisé, le Turc fait venir une petite flotte qui repousse les bateaux croisés sur le Nil. Déjà gravement affecté par les épidémies, c'est maintenant la famine qui frappe l'armée franque. Louis IX, dans un élan de sagesse, se résout à battre en retraite le 5 avril afin de préserver le reste de son armée. C'est aussi cela être le roi, savoir mesurer sur combien de vies reposent les ambitions que l'on se donne personnellement. La culture du chef à son apogée…

Après moult péripéties, après avoir pimpé les places fortes chrétiennes en Terre sainte notamment en renforçant leurs défenses, Saint Louis apprend le décès de sa mère en France. Inquiet de laisser le pays sans régence, il embarque à Saint Jean d'Acre le 24 avril 1254 pour rentrer présider le game en métropole.

Une fois rentré, le roi pacifie la France en mettant fin aux guerres intestines qui sévissent entre Plantagenets et capétiens , il contribue à encore plus agrandir le domaine royal. Mais Saint Louis, même loin de Jérusalem, en a « plein le cul des Arabes ». La victoire en croisade l'obsède. Il prie deux ou trois heures par jour, va se coucher, et rêve à des massacres de masse de musulmans toutes les nuits. Quand le roi s'ennuie, il dessine des mamelouks avec des épées dans le bide sur un bout de papier pour se détendre. Il passe par des phases à la Christian Bale dans *American Psycho.* On lui parle, il répond à côté de la plaque parce qu'il était en train de visualiser des Turcs éventrés depuis vingt-cinq minutes. L'islamo-éradication devient le doudou de Saint Louis. Quand son bouffon jongle pour le faire rire, le roi s'emmerde et lui demande plutôt de lui faire des blagues sur les Arabes. Le bouffon royal, confus de ne pas faire rire le roi, s'exécute :

« Alors c'est un Arabe et un bouc sur une montagne... »

Mais le roi s'emmerde, ce n'est pas assez violent pour le relaxer et puis les blagues sur les Arabes il les connaît déjà toutes. Il se creuse tellement le cerveau pour trouver un moyen de les éclater qu'il lui vient une idée énorme. Il va contacter le Grand Kahn et sa horde de guerriers mongols qui, tiens ! eux aussi en ont « plein le cul des Arabes ». Il essaie alors à plusieurs reprises de monter une équipe franco-mongole pour aller défoncer les blédards qui gâchent l'ambiance à Jérusalem. Mais comme les guerriers des steppes sont quand même un peu une forme de gitans, leur désorganisation structurelle empêche les négociations d'aboutir. Les ambassadeurs du roi de France reviennent bredouilles et aucun accord de ratonnade massive n'est finalement ratifié. Toujours en 1254, Louis s'attaque à la prostitution. Mais en y réfléchissant bien, les putes le dérangent moins que les Sarrasins. Alors finalement, après les avoir interdites, il décide de les laisser officier loin des villes dans des établissements spécialisés. Un moindre mal que le roi encaisse difficilement. Les Arabes, les putes, ce n'est pas la première fois que Saint Louis dérape dans l'intolérance. En 1240 il avait déjà fait brûler vingt-deux charrettes de Talmud pour obéir aveuglément à une bulle papale. Soumis à de grandes réflexions sur la question juive, il alterne à leur égard persécutions et protection dans une politique assez ambivalente. Mais rien n'y fait, il a beau taquiner les Juifs de temps à autre, rien ne remplace une bonne grosse croisade contre les islamistes. Eh oui, il demeure quand même un homme de challenge et s'en prendre aux Juifs, c'est toujours trop facile à ses yeux. Et puis ils n'ont pas encore les F-16 qui garantissent de passer des week-ends sympas à Tel Aviv sans se faire emmerder par personne. C'est la raison pour laquelle en 1270, Saint Louis part pour une nouvelle et huitième croisade. Après de nombreuses escales, il prend la ville de

Carthage. Mais son armée y subit les dégâts du typhus et de la dysenterie. Le roi, vieillissant, fatigué, atteint de scorbut, meurt lui aussi fin août 1270. Pour éviter de laisser la dépouille d'un roi de France au Maghreb, on décide de rapatrier Louis en le faisant cuire au préalable dans un mélange d'eau et de vin. Parce que c'est le Moyen Âge, et qu'ont fait des trucs comme ça de temps en temps. Il est rapatrié à Paris pour y être inhumé et canonisé. Fin de l'histoire pour l'un des plus grands et illustres rois de France.

LA MÉDECINE…

Je sais que vous, chers lecteurs et chères lectrices, vous rappelez tous du livre d'Histoire de base qu'on vous attribue au collège, puis plus tard au lycée. On l'ouvre, puis entre les dessins de bites gribouillées par un redoublant l'année passée, on y découvre des gravures chiantes de telle cathédrale entre deux représentations d'un seigneur avec son vassal, pour bien appuyer l'aspect pas-communiste-friendly du Moyen Âge. Bien sûr, pas une putain de ligne sur les couilles de nos ancêtres et leurs victoires retentissantes. On vous parle plus du pauvre paysan qui doit affronter une famine tous les deux siècles que du reste du Moyen Âge qui a été une période prospère pour ces mêmes paysans. Et au milieu de toutes ces informations chiantes, 99,99 fois sur 100, on trouve la gravure d'un médecin arabe sur une double page pour montrer combien les Européens étaient des merdes en sciences et combien ils ont bénéficié des lumières de l'islam. Maintenant que vous visualisez tous cet incontournable classique de la propagande de l'Éducation nationale, je vais le démonter en dix secondes pour vous livrer l'antidote au poison qu'a introduit le serpent éducatif républicain dans vos cerveaux.

Les « Arabes » n'ont pas renouvelé la médecine !

Ils ont tout simplement traduit les traités médicaux de nos ancêtres grecs et latins en arabe pour nous les revendre comme des inventions de leur propre cru. Les seuls « Arabes » ayant apporté quoi que ce soit en termes de savoir à la médecine ou à la science étaient en fait des Berbères et des Perses. Alors la prochaine fois qu'un enculé de collabo de prof d'Histoire vous lâche un « les Arabes étaient en avance sur les Européens », rappelez-lui que les « Arabes » sont un peuple réduit de Bédouins qui viennent du Yémen et qu'ils se sont approprié toutes les inventions de leurs voisins qu'ils ont convertis à l'islam avant de détruire leurs cultures. Parce que si les Sarrasins étaient si en avance que ça sur les Latins, comment se fait-il que le chauffeur ~~UBER~~ d'Apollo 11 s'appelle Neil Armstrong et pas Raffic ou Abdel-Bachir ? Si les Européens de l'an mil étaient ces merdes que nous vendent nos chers profs soldats du progrès, alors pourquoi on envoie une sonde sur Mars pendant que des vidéos de Talibans qui enculent des chèvres en Afghanistan tournent sur le Net ? Je ne comprends pas ça en fait, il faudrait qu'un mec m'explique comment on peut être l'encyclopédie « Universalis » en 1230, bâtir l'Alhambra, puis finir la bite dans un caprin en 2020 pendant ~~qu'Ahmazouhn~~ qu'Amazon livre des colis le dimanche en drone high-tech. Ça veut dire quoi concrètement ? Qu'est-il arrivé à la grande civilisation arabe ? Que les mecs inventent tout mais que tout d'un coup, on ne sait pas pourquoi, ils ne branlent plus grand-chose les mille ans qui suivent quand il n'y a plus de trucs grecs à traduire ? Suspect cette affaire ! Cela étant dit, il faut bien reconnaître que tomber malade en l'an mil n'est pas une excellente idée. Au début du Moyen Âge on a encore le savoir ancestral qui consiste à soigner des petites affections avec plantes et remèdes naturels. On fait encore appel aux rebouteux et soigneurs populaires qui peuplent les forêts et les montagnes de France. Mais rapidement, quand les pathologies deviennent plus complexes, on commence à assister à des pratiques surréalistes. Le docteur n'est pas encore ce triste mais efficace enculé de la fac de médecine qui s'est tapé dix piges de formation. Le docteur médiéval est « astronome », « philosophe », « alchimiste », et spécialiste autoproclamé de toutes les sciences molles qui permettent aux fils de putes et aux charlatans de vendre des remèdes contre le cancer et la peste noire en 1323. On fait appeler le médecin quand on en trouve un, ce qui est plutôt rare et cher. Dès qu'il arrive, il commence direct par encaisser gentiment vos ducats avant de démarrer quoi que ce soit avec son précieux matos de clandestin moldave. Le docteur rentre ensuite dans la piaule du malade et commence à respirer « avec érudition », « l'atmosphère de la pièce » pour y déceler des « odeurs de maladies ». Si ça schlingue, il fait brûler des herbes aromatiques en adressant des prières à Saint-Fiacre. Ensuite, une fois sur deux, que ce soit pour un mal de tête ou une hernie discale, il commence par vous faire une petite saignée pour vous mettre dans l'ambiance. Pic métallique rouillé, bassine en bois, et il entaille la veine du bras pour en faire couler abondamment du sang. Plus on saigne, plus le docteur estime que le malade purge son « mal » et que c'est positif pour la suite. Bien sûr, avec ce niveau de stérilisation digne des plus grandes heures de la médecine roumaine sous Ceausescu, le patient finissait par crever d'infection. S'il survivait à la violence du viol bactériologique de la saignée, il crevait quand même bien sûr d'avoir perdu autant de sang. Dans le cas où, par miracle, on tombait sur un médecin qui ne vous appliquait pas la saignée, vous aviez une chance sur deux que ce soit le genre d'oiseau qui commence à vous parler de la lune d'Orion, des signes du zodiaque et de la nécessité de boire du jus de mandragore pour retrouver une belle trique de jeunesse ou arrêter de boiter. Outre la dimension ésotérique des pratiques, on croyait que le corps était remodelable par la douleur. Les gonzes étaient persuadés qu'on pouvait rallonger une jambe trop courte en tirant dessus comme des mulets. On essayait donc de redresser les bossus en les attachant pieds en l'air à des poutres, les malheureux se balançaient des heures avant de s'évanouir ou de se rompre les chevilles. Les bains étaient déconseillés car l'eau abîme la peau et la crasse protège des maladies... On trépanait migraineux chroniques, épileptiques et malades mentaux pour placer des cataplasmes à l'ail et au miel contre leurs cerveaux. T'oublies qu'on t'a ouvert la citrouille, tu te grattes la tête pendant la nuit, et paf ! Tu as les doigts dans ton hypophyse. Coucou la violence. Il faut imaginer les cris bestiaux des malades qui étaient traités dans les hospices. Des rangées d'inquiets pendus à des charpentes, ou le cortex cérébral à l'air avec de la bouillie d'ail et de miel qui leur coule sur la tempe. Autre grand remède à succès, l'urine de cheval. On faisait pisser une bourrique dans une outre en peau de chèvre, puis on la conservait pour pouvoir asperger des plaies ouvertes avec le « précieux élixir de vie », guérison assurée. Du côté de la chirurgie dentaire, je pense qu'on va directement aborder le fait que les dentistes médiévaux étaient des barbiers de métier. Barbe, dents, cheveux, peu importe, le mec se trimballait avec un coupe-choux, une pince, et en avant la trisomie ! Autre pratique de haute conception scientifique, on donne à manger du chou à un être humain, ensuite, on recueille son urine pour y baigner les nouveau-nés. Ce remède était censé prévenir la débilité mentale. On pensait aussi que les excréments d'un jeune roux en bonne santé, mêlés à du miel, pouvaient soigner les maux de gorge. Bien évidemment, on sauçait les patients de mercure, de vitriol, de pétrole (appelé « huile de pierre ») et de tout ce qui fait mourir les poissons et les oiseaux quand on en relâche dans la mer. On pratiquait les saignées jusqu'à quarante fois par an pour garantir une santé de fer. Et comme les saignées font de vilaines blessures, on appliquait de la merde de chien ou de vache dessus pour cautériser la plaie. Il fallait aussi garder ses poux sur la tête qui avaient la faculté de sucer le mauvais sang. Pour les malades mentaux, c'est la théorie des « humeurs » qui prime, le corps est composé d'un équilibre d'humeurs réparties en quatre segments sans queue ni tête : la bile jaune, la bile noire, le sang, les lymphes. Chacun représentant un élément : terre, feu, eau, air. Il est donc nécessaire de purger les humeurs superflues ou corrompues en faisant absorber au malade mental des ingrédients censés venir rééquilibrer le tout. Ensuite, on les fait crier comme des animaux pour se libérer de l'emprise démoniaque dans des séances de hurlements exutoires. Quand tous les mongolos de l'hospice sont fatigués de gueuler dans une pièce de dix mètres carrés depuis quarante-cinq minutes, on les plonge dans l'eau froide pour saisir et pétrifier le mal. Grosso modo, malgré quelques ajustements à réaliser, le Moyen Âge ne présente pas une médecine forcément plus vilaine que celle qui a « rafistolé nos braves Poilus » en 1914. Alors oui, c'est vrai qu'on fait chier des roux dans des pots de miel pour soigner l'autisme, mais on n'en est quand même pas au point de gazer des malades mentaux comme des enculés sans cœur pour faire des coupes scientifiques de leurs cerveaux alors qu'on est déjà en 1934. Et bien que l'on puisse dire que la médecine de l'an mil était rudimentaire et farfelue avec ses cataplasmes à la pisse de mulet, personne n'avait le projet de faire tomber enceintes des hommes ou de greffer des bites à tous les rescapés de psychiatrie de la Terre. C'est peut-être cela la meilleure leçon du Moyen Âge, nous demeurons toujours plus barbares que lui, et toute sa violence n'absout pas nos crimes les plus indignes, les plus tristes, et les plus infâmes de notre Histoire. Oui, je l'affirme, le Moyen Âge avec toute son obscurité, avec toutes ses gentilles fadaises, fut plus humain, plus éthique et plus moral que le XXe siècle.

UNE BATAILLE AU MILIEU DES CROISADES

Oubliez ces images hollywoodiennes de chevaliers aux dents blanches qui s'affrontent dans des combats chorégraphiés, avec armures rutilantes et visage découverts parfaitement glabres. Il n'y a pas cent-mille chevaliers, il y en avait entre deux et six-mille s'il s'agissait d'une grosse bataille. Peut-être huit ou dix fois ce nombre en fantassins. On les reconnaît aux blasons qui ornent leurs tabards. Ils sont accompagnés parfois de quelques ordres militaires prestigieux et redoutables, qui viennent prêter main-forte aux campagnes que mènent les rois chrétiens en Terre sainte. Hospitaliers, Templiers, Ordre de « Santiago de la Espada », chevaliers teutoniques, on parle aussi français, latin ou occitan, que bas gothique et normand. L'Italien, le Castillan, le Portugais et le Français se croisent régulièrement dans de longues marches à travers le désert, chacun dans leur ordre, unis pour aller tuer des hérétiques. Les pièces d'armures et casques de métal ne brillent pas, parce qu'on les graisse souvent, on les trimballe et on les cogne mille fois. On les lustre parfois, mais rarement. Les épées sont régulièrement reforgées, réaffûtées, reprises et rafistolées. Rien ne ressemble à quoi que ce soit de propre et neuf.

Le cuir, la graisse animale agglomérée, les dépôts d'urine et de merde accumulés dans les braies, couplés au manque d'hygiène global génèrent une odeur indescriptible. On chie et pisse là où on peut, on s'essuie avec du sable... Un individu marchant dans le désert produit en moyenne 5,7 litres de « liquides biologiques » dans la journée. Urine, mucus, excréments, sueur, cérumen, glaires, smegma prépucial, il faut multiplier ce chiffre par cinq à trente mille unités en fonction de la taille de l'armée croisée. Soit environ cent-quatorze-mille litres journaliers de bouillie bactérienne saturée pour seulement vingt-quatre heures de marche. Huit-cents mètres cubes de merde pluri-fluides pour une semaine. De quoi remplir un seau à champagne rien qu'en fromage de bite. On renifle une armée franque à plusieurs kilomètres. Oui car l'eau est rare et qu'en plus de ne pas pouvoir se laver, on mange de l'ail en quantités énormes pour ses vertus médicinales sur le sang et les intestins. Facile à conserver, goûteux, peu cher, on n'est pas encore sur du taboulé menthe de salope avec couverts en plastique. On savait que les croisés approchaient parce qu'on les sentait comme on sent un clochard qui grimpe dans un bus aux portes verrouillées en plein mois d'août. Dans les chroniques turques de la septième croisade, on raconte à quel point l'odeur des croisées présentait un aspect de pression psychologique pour les adversaires. Les types arrivent avec des armes qui filent le tétanos et en plus, ça pue le vestiaire ! Du côté psychiatrie, la troupe est toujours encadrée d'hommes de religion, qu'ils soient du clergé séculier ou militaire. On doute peu et on est saisi d'un déterminisme nihiliste. Les étendards, nombreux et éclatants, expliquent à l'adversaire qu'il va être dérouillé en beauté par une équipe de meurtriers internationaux professionnels. Les estomacs sont vides, oui car en ces temps rustiques, il est commun d'alterner jours de jeûne, voire semaines entières de privations avec micro périodes plus fastes. On mange des graines, des racines, quelques fois du petit gibier. Mais le plus souvent, surtout pour une armée en campagne, on a faim. Les hommes affamés sont irascibles, cyclothymiques, violents : des loups. L'armée adverse surgit sur une crête, les ordres hurlés fusent et la troupe se déploie pour se préparer au choc. Pas de trompette fantaisiste qui sonne la manœuvre, on est silencieux et on écoute son chef attentivement en combattant professionnel. On envoie la cavalerie qui percute à quarante-sept kilomètres-heure la piétaille adverse, les cages thoraciques explosent, les sabots cognent les têtes, c'est le début du massacre. Une fois qu'elle traverse la première ligne, la vague de cavaliers cause des dommages en fracassant des crânes au bec-de-corbin, à la hache ou l'épée. La vue de la boucherie aiguise la motivation de la troupe qui s'avance à pas cadencés vers l'ennemi. On ne court pas, on ne crie pas trop longuement pour ne pas s'épuiser. On arrive à quelques mètres des adversaires, on s'insulte, on se crache à la gueule avec les yeux exorbités par l'imminence de la violence. Puis on finit par pouvoir se tuer mutuellement à une longueur de bras les uns des autres. Là, il n'y a pas de coups d'estoc qui tuent au premier contact comme dans les merdes fictionnelles où les chevaliers crédités au générique s'appellent Michael Hasselhoff. Broignes de cuir, cotte de mailles et gambisons protègent trop bien des coupures. Alors on se tue en répétant frénétiquement le nombre de coups donné pour se fracturer les os. On cherche à péter le poignet ou le coude du mec d'en face. On cherche à lui casser sa structure osseuse aux articulations. Les chevaliers qui combattent souvent pour leur propre gloire et réputation, n'obéissent plus aux ordres. Souvent, rapidement après le début de la bataille, ils commencent à faire n'importe quoi, on se percute, on charge son propre camp pour pouvoir décapiter un chef mamelouk et trimballer sa tête arrachée avec fierté. À terre, même si leurs chevaux nous marchent un peu sur la gueule, on admire les chevaliers dont on scrute les exploits. On continue à broyer des vertèbres, des humérus et des cubitus, jusqu'à ce qu'on en tombe de souffrance. On entend les clavicules se fracturer et les arrachements sourds du cartilage osseux à travers les épaisseurs de tissus, de métal et de cuir. On a Dieu avec soi, l'autre est totalement déshumanisé, on le profane comme on arrache la mauvaise herbe. Les blessés se vident, ça sent la pisse et la merde. Les rangs adverses se disloquent, on a un peu plus de place pour mettre des grands coups. Alors on commence à voir les premiers jets d'hémoglobine. On prend trois ou quatre mètres d'élan avec un fléau et on explose un crâne comme on broierait un œuf avec un gourdin. C'est-à-dire avec beaucoup plus de force qu'il n'en faudrait réellement pour que ça ait un sens de vouloir le faire. On fait des trucs de mongoliens parce qu'on a entendu *La Chanson de Roland* il y a quelques années, en embarquant à Messine. Alors on pense sincèrement qu'il est possible d'ouvrir la terre en deux et que son épée peut s'allonger de cinq mètres si on pense très fort à Jésus quand on frappe un Arabe. On se retrouve à viander à trois ou quatre les derniers combattants debout. On vide sa frustration en désintégrant les mecs qui marchent à quatre pattes vers nulle part, parce qu'ils sont sous commotion cérébrale et qu'ils ne se souviennent plus de leur adresse. On les ajuste, et on leur file un coup de hache dans les cervicales à cinq-mille newtons avec une pression d'une demi-tonne au centimètre carré… Les bruits sont effroyables. Ensuite, on charge les fuyards qui comprennent que tout est perdu. Les chevaliers, dans un état de transe que seule la guerre peut offrir, fendent les guerriers qui les fuient en combinant force de frappe et vitesse de galop.

Sur le champ de bataille désormais clairsemé, vient le moment le plus sale. Celui où on va méthodiquement finir de crever tous les blessés graves et les multifracturés qui jonchent le sol. On égorge, on enlève les casques pour mettre le coup de masse fatal devant les potes, on fait des blagues grasses et morbides sur les mecs qui agonisent, on fait les poches, on arrache les chicots en or dans la bouche des Turcs. On picole si on en a la possibilité, on laisse sécher les morts au soleil, on fait des prisonniers s'ils sont en état de marcher, on prie, on se remet en route pour une nouvelle boucherie, on a gagné, le roi est content, on va aux putes. La guerre médiévale ! Les soirs qui suivent, on se raconte la bataille dans les bordels d'Ascalon. Si un troubadour attentif traîne par-là, il nous mettra tous ses exploits en musique pour bercer de violence la prochaine génération de croisés. Témoin fabuleux de son temps, il est aussi celui qui fabriquera la charpente et les voûtes de la geste médiévale. Celui qui fera entrer dans la légendes ces hommes hirsutes, ces Titans qui ne se fabriquent que dans l'exploit… et la violence !

PHILIPPE LE BEL, JACQUES CHIRAC EN PLUS SALAUD

Philippe le Bel reste ce champion de la realpolitik du Moyen Âge. Sous son règne, la France devient plus puissante qu'elle ne l'a jamais été. Il réalise plusieurs manœuvres monétaires clés qui se révèlent efficaces pour stabiliser l'économie du royaume. La France se pimpe comme jamais. On achète des fringues prestigieuses avec un max de dorures, on construit des villes partout, on mange mieux et la viande et le poisson deviennent accessibles à tous. Dans les grandes cités, vendeurs de draperies et tanneurs circulent dans des « ruelles d'aisance » où l'on fait ses besoins à deux pas de là où les bourges font leurs soldes. Le royaume connaît un véritable essor économique. Mais Philippe le Bel, qui est monté sur le trône en 1285, est décrit comme un beau gosse silencieux à tendance fasciste. En effet, il est connu pour ne s'exprimer que très rarement et souvent pour promulguer des trucs violents ou des condamnations hardcore. Son ennemi principal, Bernard Saisset, le décrit de la manière suivante : « Notre roi est comme le grand-duc, le plus beau des oiseaux, mais qui ne vaut rien. Il ne sait que regarder fixement les gens sans parler. » Il faut dire que quand Philippe arrête de vous fixer c'est parce qu'il vous a condamné à mort. C'est d'ailleurs précisément la condamnation à mort du chef des Templiers qui rendra ce roi célèbre. Oui car les Templiers, à l'heure où la fin des grandes croisades a sonné, ont perdu le sens premier de leurs missions. Ils possèdent, en 1307, plus de deux-mille commanderies, associées à de vastes domaines ainsi que le privilège de diriger ce qui est devenu le plus vaste réseau bancaire d'Occident. Ils sont devenus plus riches que le roi de France, et grâce à leurs systèmes de lettres de change, ils dirigent de véritables forteresses où le roi lui-même entrepose la majorité de son trésor. À leur apogée, les Templiers possédaient plus de deux millions d'hectares de terres cultivées. À certains endroits, ils sont chargés de percevoir l'impôt royal et font transiter de gigantesques sommes d'argent dans leurs forteresses. Loin des vaillants guerriers des premiers jours, les Templiers sont devenus des « tantoufles » de bureaucrates chargés de compter des pièces de dix centimes comme de vulgaires petits épiciers. Certains d'entre eux continuent d'aller éclater un brigand ou deux de temps en temps, mais plus rien à voir avec l'ambiance « deus vult » qui prévalait au début des croisades. On rentre dans leurs châteaux et on y découvre des chevaliers frêles qui ne sentent plus la poussière ni la route. Ils commencent à inspirer une forme de malaise qui n'échappe pas au roi et aux autres chevaliers qui sont restés dans la réalité du ter-ter. À cela s'ajoute l'éternel et fatigant culte du secret des confréries mystiques. On sait que nombre d'entre eux se sont livrés à des recherches alchimiques, on suppose qu'ils possèdent des reliques légendaires tel le *Graal* lui-même ou encore l'*Arche d'alliance*. On sait aussi qu'ils se livrent à des rites réservés aux initiés qui les auraient reçus en Égypte lors de la première croisade, là où se trouveraient les sources originelles de la Franc-Maçonnerie. On constate aussi que les croix de leurs manteaux ont changé. On trouve désormais des croix d'inspiration celtique, des croix dont les branches s'entrecroisent pour former le symbole alchimique du feu. On trouve aussi des croix géométriques à huit pointes. Ce genre de fantaisies, à l'époque où on brûle les roux parce qu'ils sont roux, commencent à stresser le badaud comme le seigneur. On se demande ce que peuvent bien branler une bande d'alchimistes dans leurs châteaux-villas, entre comptabilité bancaire et rites secrets qui intriguent. Quand la Terre sainte échappe complètement aux Templiers, ils se replient à Chypre dans leurs « temples ». Temples pleins de pognon dont l'un se situe à Paris. Ce dernier est intéressant car c'est celui qui a le plus prêté d'argent au roi Philippe le Bel, qui y a contracté une énorme dette. Le vendredi 13 octobre de 1307, le roi décide brusquement de faire arrêter cent-trente-huit Templiers par les officiers royaux. Celui qui a réellement orchestré tout ça n'est autre qu'une habile petite fouine, nommée Guillaume de Nogaret, conseiller du roi. C'est lui qui explique à ce dernier que quand on est trop endetté auprès de la banque, il faut devenir propriétaire de la banque. Alors démarre un gigantesque procès fin 1307. Le pape reproche au roi de France son empressement à commettre les arrestations, mais rien n'y fait et pendant sept longues années, procès et arrestations se multiplient. En 1309, les interrogatoires reprennent de plus belle et trente-six prisonniers meurent sous la torture. En 1312, l'archevêque de Sens en condamne cinquante-quatre autres au bûcher. La bulle papale de 1312 signe la fin officielle de l'ordre. Et c'est finalement en 1314 qu'un grand bûcher est organisé pour y faire brûler Jacques de Molay, grand maître de l'ordre, avec quelques-uns de ses disciples. Mais Jacques de Molay, les pieds déjà calcinés par les flammes, décide de maudire ses juges et bourreaux dans une phrase restée célèbre : « *Pape Clément, juge inique et cruel Bourreau, Chevalier Guillaume de Nogaret, roi Philippe, avant un an, je vous ajourne à comparaître devant le tribunal de Dieu. Soyez maudits, vous et votre descendance !* »

Dans les mois qui suivent la terrible malédiction, tout le peuple de Paris se répète et se raconte la terrifiante scène. Quarante-deux jours plus tard exactement, le pape attrape une terrible fièvre qui le fait mourir d'étouffement. Guillaume de Nogaret meurt début novembre, empoisonné. Puis vient le tour de Philippe le Bel qui est victime d'un accident de chasse survenu dans de très étranges circonstances, alors qu'il chassait seul dans la forêt de Saint-Maxence. Il meurt de ses blessures à Fontainebleau, lui aussi, dit-on, victime de la terrible malédiction de Jacques de Molay. Et le plus terrible dans cette affaire, c'est que le roi, avide du pognon des Templiers, ne trouve aucun trésor dans aucun des châteaux de l'ordre du temple. Tout a disparu ou a été caché en secret par le reste des Templiers maintenant forcés à la clandestinité. Cette disparition du fabuleux trésor des Templiers donnera naissance à une multitude de légendes. Les Templiers auraient laissé des codes secrets aux initiés pour retrouver une partie du trésor disséminé dans toute l'Europe. Au château de Chinon, où ils ont été emprisonnés sur une longue période, on trouve de multiples symboles et gravures qui, selon les oiseaux ésotéristes, seraient le code permettant de remettre la main sur le Saint Graal. Peu convaincu par ce genre de légendes, qui font les affaires de la chaîne RMC quand elle a fini d'épuiser le sujet « Hitler », mon avis personnel est que les rats ont tout simplement quitté le navire avec suffisamment de pognon pour aller se faire une petite retraite dorée sur la Costa Brava. À se faire sucer par des mannequins en rigolant des nigauds qui cherchent un trésor qu'ils sont en train de claquer en putes et San Miguel bien fraîches sur la plage à Valence. Mais en France, la malédiction reste présente dans toutes les têtes. Les trois fils de Philippe le Bel meurent prématurément sans donner de descendance. Conformément à la malédiction, la descendance du roi maudit prend fin et ne laisse aucun héritier direct à la dynastie des capétiens. La maladie s'abat sur l'Europe en même temps que la guerre de Cent Ans démarre. L'économie s'effondre et les famines lacèrent le pays. Vingt-cinq millions d'Européens vont mourir de la Peste Noire... Pour le peuple de France, c'est la malédiction des Templiers.

BERTRAND DU GUESCLIN, LA COUILLE BRETONNE DEMI-SEL

Sans doute le plus célèbre des chevaliers bretons, Bertrand du Guesclin reste cet Armoricain à l'ancienne, qui ne passe pas encore ses week-ends à trimbaler son drapeau breton dans des festoches reggae de sous-homme des minimas sociaux. Il est le fils aîné de dix enfants. Tous fruits de l'union de Robert II du Guesclin, petit et rude seigneur de la Motte-Broons, et de son épouse, Jeanne de Malesmains, dame de Sens-de-Bretagne. Les Guesclin sont une des plus anciennes et respectées familles de Bretagne, ils jouissent de titres de noblesse prestigieux, sans pour autant en posséder les richesses qui vont habituellement avec. Robert du Guesclin occupe une modeste petite bâtisse à la Motte-Broons. Comme il est de tradition de le faire dans la noblesse alors, le jeune Bertrand est confié à une nourrice et est élevé dans une famille de paysans jusqu'à ce qu'il atteigne les cinq ans. Les historiens nous décrivent un jeune Bertrand en termes peu flatteurs : il serait, selon les termes de l'époque « petit », « les jambes courtes » et « noueuses », « les épaules démesurément larges », « les bras longs », « une grosse tête ronde et ingrate », « la peau noire comme celle d'un sanglier ». Alors automatiquement, quand ça part sur du courtaud aux épaules larges avec des bras de gorille et une musculature noueuse, on est déjà en train d'imaginer un énorme Mike Tyson blanc en train de lâcher des patates médiévales en armure dans toute la Bretagne occupée. Est-ce que le mec part à la guerre ou est-ce qu'il fait des entrées « *Ready to Rumble* » avec Michael Buffer, qui annonce ses montées sur le ring en mode « Bertrannnnnnd du Guescliiiiiiiiin » ? On ne sait pas en fait. À peine les mecs commencent à le décrire que le troisième mot-clé qui apparaît, c'est « sanglier ». Est-ce que le type est chevalier, est-ce que le mec est déménageur ? Ou est ce que c'est juste une machine à laver qui distribue des coups de tête ? Personne n'a la réponse. Le mec ressemble à une camionnette *Jumper* et tout le monde est en PLS parce que les camionnettes *Jumper* ça n'existe pas encore au Moyen Âge.

Une chanson célèbre sur notre animal, *La Chanson de Bertrand du Guesclin* du trouvère Cuvelier, dit de lui qu'il est « l'enfant le plus laid qu'il y eût de Rennes à Dinan ». Son extrême laideur et sa brutalité lui valent le désamour de ses deux parents. Et bien que le jeune Bertrand soit l'aîné d'une fratrie de six frères et sœurs, sa mère donne sa préférence à ses deux plus jeunes frères cadets. Son père, de son côté, le traite souvent fort mal et refuse de le former au métier de chevalier. Toujours dans la chanson du trouvére Cuvelier, l'auteur dit de ses parents qu'ils « le détestaient tant, que souvent, en leur cœur, ils désiraient qu'il fût mort ou noyé dans l'eau courante ». Donc en fait le gosse a juste passé son enfance en compagnie de deux parents qui voulaient, ni plus ni moins, que de le voir crever dans une rivière pour se soulager de plus avoir à supporter une gueule aussi vilaine. Selon les chroniques médiévales de l'époque, le jeune Bertrand, alors âgé de six ans, finit par gagner le respect de sa mère et de ses frères dans ce qui sera son premier véritable fait d'armes.

Alors qu'il est encore une fois et comme à son habitude, relégué dans un coin de la pièce lors du repas familial, vexé de devoir bouffer par terre comme un vulgaire bâtard de gueux, comme un triste Jacquouille sans honneur, il explose de colère et commence à frapper ses frères comme si c'étaient tous des Carl Weathers et que c'était la fin de Rocky I. L'enfant déménageur, le petit pitbull d'Armorique, se fraye un chemin à la table familiale et finit, après avoir enflé tous ses frères à coups de marmules, par venir enfin prendre sa place d'aîné sur le banc. Furieuse, sa mère s'apprête à le démonter avec un nerf de bœuf, mais il aggrave encore plus son cas et renverse la lourde table en chêne massif qui trône dans la grande salle du foyer. C'est alors que toujours selon la chronique de Cuvelier, une femme juive convertie, divinatrice et chiromancienne, serait entrée subitement dans la maison pour raconter la bonne aventure. Et surprise, elle prédit la gloire à ce fils aussi violent qu'impétueux. La mère de Bertrand, impressionnée par cet enchaînement d'événements troublants, traite désormais son aîné avec le respect adéquat dû à son rang. Toujours selon les chroniques de l'époque, il se fait remarquer dès son enfance par sa force prodigieuse, ses aptitudes sportives extraordinaires, et sa constante soif de bagarre avec ses compagnons de jeunesse, des paysans qui ne lui en tiennent pourtant pas rigueur. De bagarre en bagarre, jamais rassasié de nez qui saignent et d'yeux fermés, il sent au plus profond de lui qu'il est destiné à vivre une vie de guerrier. Alors qu'il fugue de son domicile suite au retour de son père, qui, ayant appris l'épisode de la table retournée, est prêt à l'étrangler, il se réfugie chez son oncle, lui aussi nommé Bertrand du Guesclin, seigneur de Vauruzé à Rennes. Là-bas, début juin 1337, il assiste à un tournoi médiéval, auquel il a l'interdiction formelle de participer. Un de ses cousins y participe, mais rapidement vaincu, il quitte la lice du tournoi et prête son équipement au jeune fugueur. Toujours selon la chanson de Cuvillier, le petit Tyson breton, impossible à reconnaître sous son casque, explose environ quinze chevaliers expérimentés les uns après les autres, avant de se retrouver à devoir affronter son propre père qui lui aussi participe au tournoi. Mais l'enfant, respectueux, refuse de combattre son daron et incline sa lance en signe de respect juste avant la joute. Ce refus de combattre surprend l'assemblée qui se demande qui peut bien être ce mystérieux chevalier sans blason. Mais un seizième chevalier le défie à la place de son père. Le jeune du Guesclin accepte mais son adversaire, puissant et expérimenté, parvient à casser la visière de son casque. C'est alors que Robert du Guesclin découvre le visage de son fils détesté, celui qui pendant tant d'années a été traité comme le dernier des chiens. Le père, honteux de lui-même, fier de son fils, s'engage à faire de son enfant mal-aimé un véritable chevalier. Il organise une collecte auprès de la famille et débloque un peu de caillasse pour fournir à son gosse du matos de professionnel. Bertrand, heureux d'être enfin estimé et aimé de son père, va commencer à exploser des gueules toutes les semaines dans tous les tournois alentour de sa région. Il va ainsi gagner sa réputation d'excellent tournoyeur et de chevalier adroit et burné. Il faut imaginer un type de mental qui a presque disparu aujourd'hui, à chaque tournoi, les dents serrées dans son heaume, le type se jette à cinquante-cinq kilomètres-heure au galop, contre des adversaires en armure avec le risque de mourir à chaque charge. Des courses folles où des hommes équipés entre trente et quarante-cinq kilos d'acier se rentrent dans la gueule pour ne pas trop s'ennuyer entre deux massacres de guerre. Là où au XXIe siècle on prend huit plombes pour légaliser le

MMA et filer un flingue à la municipale, le jeune chevalier commence à faire parler de sa bravoure dans les guerres auxquelles se livrent Charles de Blois et les comtes de Montfort, Jean II et son fils Jean III, pour l'héritage du duché de Bretagne. Il se fait surtout remarquer au début de la guerre de Cent Ans, et particulièrement en prenant par ruse le château de Grand-Fougeray et en 1357, en participant à la défense de la ville de Rennes assiégée par Henry de Grosmont duc de Lancastre. Du Guesclin, avec ses prises de château en mode commando médieval, commence à gagner le respect de la haute noblesse. Et finalement, c'est en 1357 que le chevalier Alacres de Marès l'adoube, faisant de lui un *chevalier* au château de Montmaurin. Conscient qu'il est toujours aussi laid qu'un cul, il prend alors pour devise la maxime suivante : « Le courage donne ce que la beauté refuse. » Ce qu'on pourrait traduire par, « c'est pas parce qu'Andy Ruiz est gras, laid et mexicain qu'il peut pas éclater Anthony Joshua dans un championnat du monde WBC. » Le nouveau chevalier est ensuite nommé « capitaine de Pontorson et du mont Saint-Michel » sur recommandation de Pierre de Villiers. Pour l'occase, il lâche alors la punchline suivante et dit « qu'il ne trouveroit jamais occasion qu'il ne chargeast les Anglois quelque part qu'il les renconstrat ». Ce qui peut grosso modo se comprendre comme une promesse ferme de niquer des mères au moindre « Brian is in the kitchen » qu'un enculé d'Anglais aurait le malheur de prononcer devant lui.

Fidèle soutien de Charles de Blois, époux de la réputée très bonne et fraîche Jeanne de Penthièvre, considéré comme un prétendant sérieux à la couronne ducale, c'est en faisant la guerre plusieurs années dans la forêt de Paimpont et ses alentours qu'il acquiert son surnom légendaire. Désormais, pour les Anglais qui le craignent et le redoutent terriblement, il est « Le Dogue Noir de Brocéliande ». « Broceliand's Black Dog ». Alors déjà, quand ton surnom de chevalier peut aussi être un titre d'album *West-coast*, on commence à sentir que t'es pas venu au monde pour blaguer.

À partir du moment où les Anglais lui filent son nom de scène, Bertrand enchaîne les titres et responsabilités. En 1360, il est lieutenant de Normandie, d'Anjou et du Maine, puis en 1364, capitaine général pour les pays entre Seine et Loire et chambellan de France. C'est clairement le boss du game.

Mais la célébrité commence à faire de du Guesclin le mec à abattre. Alors en janvier 1361, il est fait prisonnier par les Anglais qui ont réussi à l'isoler. Comme tout bon rappeur, « Broceliand's Black Dog » se retrouve à faire des pompes en prison. Est-ce qu'il y monte un gang, se fait tatouer « Breiz Atao » en typo mexicaine ? Personne ne peut l'affirmer. Ce que l'on sait en revanche, c'est qu'il retrouve sa liberté après le paiement d'une rançon de trente-mille écus. De nouveau en liberté, le petit Tyson recommence à patrouiller dans le ghetto, à la recherche de plus de mecs à éclater pour faire gonfler ses stats UFC.

Comme pour du Guesclin, la vie n'est qu'un gigantesque tournoi de K-1. Il s'illustre en 1364 lors des prises de Rolleboise, de Mantes et de Meulan. Il célèbre le couronnement de Charles V en éclatant l'armée du roi de Navarre à Cocherel au printemps 1364. À la question : « Que fait donc Bertrand ? », on répond systématiquement qu'il est en train d'exploser des mâchoires aux quatre coins de France contre les ennemis du royaume. Le type se lève le matin, s'enfile une tartine au beurre et à l'ail, puis va faire des trucs violents toute la journée. Quand il rentre, vu que la violence fait grimper le taux de testo, il attrape sa gonzesse et la défouraille en levrette dans tous les coins de la maison. Quand il a suffisamment vidé ses deux énormes couilles, il fait deux ou trois bisous à sa femme pour pas faire le fils de pute pas affectueux, lui offre des dents en or qu'il a récupérées en mettant des coups de gantele dans des mâchoires de cadavres, s'essuie le chibre dans le foin, et retourne faire des campagnes pour aligner des tas de cadavres d'Anglais, comme son bon roi le lui a demandé. Est-ce que ce type vit ? Est-ce que t'as l'impression de vivre autant que lui ? Est-ce que ta vie pleine de sécurité et de rituels d'eunuques te satisfait ? Pendant que tu te retiens d'éclater ta fouine de patron et que tu dois supporter que des trottinettes électriques conduites par des phasmes te coupent la route, du Guesclin, lui, est en train de rider à cheval pour voir s'il y a pas un fils de pute de rosbif qui traine, pour lui ouvrir la poire en deux. Le mec fait la guerre, se renverse de la bière sur son torse velu quand il la boit au tonneau, rentre se taper sa femme quand il est fatigué de saigner des gonzes, mange des côtelettes de porc qui ruissellent de graisse. Pendant que toi, pauvre merde postmoderne, tu trifouilles avec anxiété les assignations à payer tes impôts que cette République de lâches t'envoie par courrier. À ton avis, le percepteur d'impôts, il va faire quoi devant Bertrand du Guesclin ? Il va mettre des paiements échelonnés de quoi ? C'est parce que l'homme moderne a perdu *le sens du vivre* qu'il est devenu cette créature dominée par des faibles et un système dont les gardiens sont des épouvantails. Est-ce que le Français de base en 1358 devait payer des impôts pour financer le RSA des sous-merdes qui partent faire le djihad ? Est-ce que la France de du Guesclin se mettrait à genoux devant l'Arabie saoudite ? Est-ce que Du Guesclin aurait accepté le Bataclan comme une fatalité ? Pourquoi ce Moyen Âge est-il considéré comme si sale, alors qu'il n'arrête pas de nous expliquer qu'on est devenus des merdes sans honneur ni fierté ? Pourquoi est ce qu'en 1363, Bertrand du Guesclin prend Valognes alors que toi, en 2020 tu prends que dalle sauf deux ou trois carottes fiscales dans le cul ? Toujours est-il qu'en récompense pour sa prise de Valognes, alors que toi tu reçois des factures EDF, notre chevalier breton reçoit le comté de Longueville en Normandie. Eh oui ! À vie de fils de pute, récompense de fils de pute ! À vie de guerrier, récompense de guerrier !

Auréolé d'innombrables succès stratégiques et militaires, du Guesclin devient un chevalier indispensable aux yeux du roi de France. Alors en 1364, il part de nouveau au secours de Charles de Blois qui se trouve en Bretagne, mais malgré tous ses efforts et son ardeur au combat, son camp est battu à la bataille d'Auray en septembre de la même année. Notre héros est fait prisonnier par un certain chevalier John Chandos, chef de l'armée anglaise. Sa rançon est fixée à cent-mille livres. Le roi de France, qui ne peut se passer du Pitbull de Brocéliande, paie presque la moitié de la somme demandée, Guy XII de Laval se charge de payer le reste. Encore une fois en zonze, Bertrand est libéré sous caution comme le dernier des gangsters de Boston. En 1365, sur demande du roi de France, il est chargé de massacrer les « Grandes compagnies ». Des groupes de mercenaires qui, sans guerre à mener pour aucun camp, ravagent et pillent les villages et cités de provinces pour leur subsistance. Mais du Guesclin qui a l'habitude de gérer les débordements dans le ghetto, propose aux mercenaires de participer à la première guerre civile de Castille aux côtés d'Enrique de Trastamare qui dispute à Pedro le Cruel le trône castillan. Les mercenaires, qui connaissent et respectent le palmarès du « Broceliand's Black Dog » décident de le suivre en Espagne. Il part donc avec son armée de gitans et son fidèle lieutenant Guillaume Boitel qui dirige son avant-garde. Une fois sur place, il réalise des exploits qui impressionnent les Espagnols. En fait, grâce à sa stratégie de harcèlement et de guérilla, notre héros a déjà presque anéanti les armées de Pedro le Cruel. Celui-ci, aux abois, fait appel au puissant « Prince Noir », gouverneur de Guyenne et rival anglais de Du Guesclin.

Du Guesclin est défait par les Anglais du Prince Noir à la bataille de Nájera. Mais cette défaite n'est pas à lui imputer. En effet, le Français était partisan de continuer à mener une guerre d'escarmouches et de harcèlement, mais son allié le gros chorizo Castillan Enrique, impatient et persuadé que du Guesclin est invincible, le force contre son avis à mener cette bataille en affrontement frontal de bourrin. La bataille est un échec et le Dogue breton est fait prisonnier une nouvelle fois. Mais il est immédiatement libéré sur parole grâce à l'insistance de Hugues de Calveley auprès du Prince Noir. Fidèle à sa parole, du Gueclin se met donc à collecter des fonds auprès de ses compagnons et amis nobles pour payer la rançon de ses officiers. Il souhaite d'abord payer la rançon de ses compagnons avant la sienne car reconstituer son armée et garantir la liberté à ses frères d'armes lui semble être une priorité absolue. On voit ici l'essence du véritable chef qui, à l'instar de Jocko Willink, légendaire Commander des Navy SEALs publié également aux éditions Ring, fixe la noblesse de son statut de leader dans la « responsabilité absolue ». Cette maxime qui sépare les véritables guerriers des « petits chefs ». Pour ce qui est de sa propre rançon, il la fixe d'abord lui-même à cent-mille livres, par orgueil, puis à soixante-mille livres parce qu'il se rappelle quand même que c'est encore le roi de France qui va faire péter le coup de chéquier. Alors par patriotisme, il décide de se solder à contrecœur. Mais la femme du Prince Noir, loin des putes décérébrées modernes dépourvues d'élégance, avait compris que le Prince Noir ne pouvait accepter que son prisonnier vaille si cher. Admiratrice de du Guesclin, et bien que ce dernier soit le pire ennemi de son époux, verse cent mille livres à son mari sur sa propre fortune personnelle. Le reste de la rançon étant bien sûr payé par Charles V. Voilà de quoi étaient faites les femmes du XIVe siècle. Prête à dépasser les querelles futiles par admiration de ce que représente la vaillance d'un chevalier. Au-delà d'un camp, au-delà d'un parti, l'homme médiéval était jugé par ses contemporains, amis comme ennemis, selon la noblesse de ses actes. Et c'est cette époque de médiocrité crasse qui est censée juger le Moyen Âge ? C'est donc ce siècle de petits délateurs qui a fait déporter les enfants arméniens avec leurs mères, puis gazer les malades mentaux sans défense trente années plus tard qui doit nous imposer son avis sur le Moyen Âge ? C'est donc cette République de lâches qui a donné ses enfants résistants et ses Juifs, qui a livré son sang le plus noble à la Boucherie de 14, qui doit nous instruire du niveau de dégoût que nous devons adopter face à nos glorieux ancêtres, chevaliers d'honneur et hommes de valeur ? JE LES ENCULE !

En 1369, du Guesclin retourne en Hispanie où il remporte la bataille de Montiel contre Pedro le Cruel, traître à l'Espagne, qui a fait venir une armée de Sarrasins venus du Maroc en pensant que ça allait faire flipper un Breton solide qui défonce de l'Anglais vicieux depuis quinze piges. Bien sûr, du Guesclin qui n'a pas le temps de négocier sur le burkini, aidé du très bourrin Enrique le Castillan, éclate cette bande de racailles, qui finissent par fuir comme à chaque fois qu'une réponse ferme est donnée par du chrétien à l'ancienne. Ayant pulvérisé Pedro le Dhimmi, « El Perro Negro de Broceliandes » rétablit son pote Enrique sur le trône. Ce dernier, en récompense pour ses hauts faits d'armes en Espagne, fait de Du Guesclin le duc de Molina. En octobre 1370, revenu en France, dans un état de gloire absolue, il est fait connétable de France par Charles V. À peine qu'on lui file un bureau de fonction, que « Black Dog » est déjà en train de prononcer le serment d'expulser les Anglais de France. Mais contrairement aux autres membres de la chevalerie, il décide de ne pas procéder par grandes offensives avec toute la machine de guerre française. Lui, fidèle à ses origines celtes, préfère guerroyer méthodiquement afin de libérer des provinces entières, assiégeant une place forte après l'autre, par petites escarmouches, par d'impressionnantes ruses. Il va réussir à chasser les Anglois de Guyenne, de toute la Normandie, de la région de Saintonge et du Poitou.

Avec notre chevalier, très souvent, le siège ne dure jamais longtemps, l'issue en étant accélérée par un assaut victorieux ou plus souvent encore par une ruse dont seul lui a la recette. Culoté et couillu comme pas possible, il libère Niort de la domination anglaise en faisant revêtir à ses soldats l'uniforme anglais. Habits qu'il a chouravés sur seize des cinquante-mille cadavres qu'il a produits dans sa carrière. Ces cons d'Anglais, confiants, sans doute déjà occupés à apprendre à parler le pakistanais, ouvrent les portes de la ville sans se méfier. L'armée de du Guesclin rentre et en prend le contrôle.

Ce genre de tactiques victorieuses développées par du Guesclin reposent beaucoup sur le contexte historique qu'il traverse. Dans une France fragilisée par les incessantes guerres, le connétable doit agir au service du roi en se contentant d'un minimum de moyens. Ensuite, l'avantage d'une guerre d'embuscades, ancêtre de la guerilla moderne, c'est de pouvoir permettre à un effectif réduit d'hommes d'occasionner un maximum de dégâts tout en ayant le luxe d'une mobilité énorme et d'une faible nécessité logistique. Se déplacer rapidement et furtivement avec peu d'hommes est la stratégie la mieux adaptée à la nécessité de prendre des châteaux dispersés, sans véritables lignes de front bien délimitées. Son légendaire petit groupe de Bretons frappe vite et souvent à l'improviste. En demeurant insaisissable, en entretenant un sentiment tenace d'incompétence et de frustration chez l'ennemi. Cette stratégie s'avère beaucoup plus payante que les grandes charges inutiles des chevaliers français contre les archers anglais, qui les étrillent facilement en rase campagne.

On retrouve du Guesclin à La Réole où il combat en 1374. Entre deux chevauchées commando, il trouve le temps de se marier avec Jeanne de Laval dans la chapelle du château de Montmuran. Son épouse, richissime, lui apporte tout son patrimoine constitué de fastueuses demeures. Mais du Guesclin, tel le manouche itinérant infatigable qu'il est, préférait vivre comme un gitan dans sa forêt, entre raids meurtriers et camping dans Brocéliande, que s'asseoir deux minutes dans un fauteuil brodé de « tantoufles ». Il est pourtant proprio du confortable château de Montsabert, en Anjou, et du château de Montsûrs. Mais dormir dans un lit et parler de trucs chiants avec sa femme, ça le gonfle vite. Malheureusement, de temps en temps, la guerre s'arrête, alors à contrecœur, il rentre à Montsabert taper des parties de Scrabble et jardiner des plantes qu'il ne comprend pas. Alors du Guesclin se ramollit un peu. Il ne peut plus péter en mangeant, ni faire des blagues de cul avec ses potes déchirés au chouchen de marin-pécheur.

C'est peut-être pour ça qu'en 1376, alors que la Bretagne connait une fronde nobiliaire, alors que l'Exilé Jean IV débarque secrètement à Dinard, du Guesclin ne bouge pas un orteil pour défendre le roi de France. Soupçonné de trahison par certains, il s'indigne et, selon la chronique de Jean Cabaret d'Orville, il aurait renvoyé aussitôt au roi son épée de connétable pour retourner en Espagne au service d'Enrique de Trastamare pour défoncer des Sarrasins plutôt que de rester à glander dans son château dans une ambiance de coups de putes et de soupçons. Mais le duc D'anjou qui connait bien les deux larrons, réconcilie le Dogue

Noir de Brocéliande avec le roi de France. Lavé de tout soupçon, il retourne dans le Sud-Ouest pour encore et toujours combattre les Anglais qui continuent à croire que l'Aquitaine c'est la banlieue de Londres. En 1378, pris par sa fidélité à la France, il participe à la campagne contre les Bretons récalcitrants à intégrer la grande famille de l'Hexagone. Toujours avide d'aventure, on le retrouve en 1380 en Auvergne où il combat contre les mercenaires qui font tout et n'importe quoi dans la region du Massif central. Là, il met le siège devant Châteauneuf-de-Randon dans le Gévaudan. Là-bas, il vivra son *ultime Vietnam*, assaut après assaut, il massacre les mercenaires, qui finissent par lui proposer de se rendre s'ils ne sont pas secourus dans les quinze jours. Mais du Guesclin a vieilli, les opérations légendaires de la forêt de Brocéliande sont désormais bien loin derrière lui. Beaucoup de ses amis sont morts. Pris d'une forte fièvre, il meurt avant que les quinze jours n'arrivent à leur terme. Le 13 juillet 1380, le plus grand chevalier de son temps s'éteint. Vétéran de mille batailles, ombre insaisissable, force de la nature, orgueilleux et fier guerrier, un nouveau Titan, parmi les derniers, embrasse enfin son crépuscule.

LES SENS DE L'HOMME MÉDIÉVAL

On peut mesurer le niveau de métrosexualité d'une époque à son rapport aux cinq sens et à l'accessibilité du confort sensoriel ; il révèle la part d'animalité d'une civilisation comme son rapport au réel. L'homme médiéval a une constitution psychique d'une solidité inégalée aujourd'hui. Son humeur est constante et moins variable que le métrosexuel parisien moderne ; il ne pleure que deux à trois fois dans une vie, il doute beaucoup moins de tout car sa structure interne est régulée sur les véritables récompenses qu'il gagne de façon légitime. Son estime de soi, exempte d'excuses ou d'anesthésie, est strictement ajustée à la réalité de son mérite.

Le lever se fait par l'intensité de la lumière extérieure. On s'est couché la veille à l'heure où la nuit est tombée car rien ne nous permet de repousser l'obscurité durablement. Les rêves que l'on fait la nuit sont des rêves qui se fabriquent par un patrimoine d'images réduit. Le subconscient ne peut piocher que dans la banque visuelle d'un réel délimité à quelques hectares qui seront le décor de toute une vie. Chaque insecte, chaque nuance de gris et de bleu du ciel, chaque frémissement de l'eau et chaque variation chromatique seront précieusement enregistrés par le cerveau de l'an mil. L'odeur, le bruit, le toucher sont autant de sections à multiples entrées que la bibliothèque de l'imaginaire médiéval va enregistrer précieusement dans les alcôves d'un cerveau encore pur de tout superflu. En 2020, un enfant de douze ans aura vu, analysé et consigné plus de quatre-cent-dix sollicitations publicitaires par jour, soit cent-quarante-neuf-mille-six-cent-cinquante images à fort coefficient de stimulation par an. Il est un animal presque à saturation d'informations, son cerveau dégradé est en état de viol irrémédiablement avancé. La dépression le guette déjà à quinze ans car la souillure a été trop profonde et vaste pour que son apprentissage trouve un équilibre dans cette pornographie de sollicitations cognitives qui lui est imposée. Son ancêtre de l'an mille est encore l'héritier des rêves immémoriaux de l'aube de l'humanité. Ce n'est pas le cerveau honteux d'esclave inhibé moderne qui rêve, c'est celui que lui a fabriqué Neandertal pendant trente mille ans de saisons glaciales, de chasse et de rivalités brutales entre créatures primitives. Il ne rêve qu'avec ce que lui a légué le père du père de son père et des autres pères avant eux. Le cerveau est déjà celui d'un être humain, mais il est encore aussi celui d'un animal halluciné, en chasse, survivant de dizaines de milliers d'années de sauvagerie extrême. Ce cerveau est encore capable d'interpréter à très grande vitesse les sollicitations familières de l'environnement.

Tous ses sens sont à l'affût : le château ou la bastide qui surplombe le pic rocheux n'en finit pas d'inonder le ciel de sa beauté, les parfums que transporte le vent en fonction des saisons inondent ses sens ; le goût du sang dans la bouche, toucher le bois fraîchement coupé devient un plaisir comparable à celui de toucher une généreuse paire de miches. Le cerveau médiéval est une machine à capter le réel dans toute la palette de ses déclinaisons.

L'alimentation est un paramètre à part entière de programmation du cerveau médiéval. Le sucre et tout ce qu'il induit sur la chimie d'un être humain sont une denrée rare. On ne triche pas avec son humeur par l'afflux de glucides. Le premier repas du paysan se prend à onze heures du matin : une bouillie de céréales à l'eau que les plus riches ou chanceux agrémentent de fruits secs. Le deuxième repas se fera entre seize heures et dix-neuf heures, on mange des fèves, des pois, des haricots dont le goût est impossible à concevoir aujourd'hui. On fera varier ces repas par quelques racines telles que la carotte ou le navet. Cette sobriété absolue fabrique des esprits rustiques peu affectés par la tricherie que constitue le sucre facile.

On ne baigne pas dans l'industrialisation du mensonge chimique, l'anesthésie glycémique n'opère pas, cela influe de manière capitale sur l'individu et la société qui l'entoure. Le seuil de soumission est moindre, l'attachement au confort, le sommeil, l'humeur, la patience et la sexualité sont vécus sans le viol du tout sucré. Car c'est ce dernier qui a fait de nous des sous-hommes. Le fameux moment où votre cerveau croit, trompé par le sucre, qu'il a été récompensé pour une action qu'il a commise, alors que vous n'avez absolument rien accompli de vos dix doigts. L'homme moderne est en état permanent de surévaluation de lui-même, le sucre qu'il absorbe le trompe sur ce qu'il a réellement accompli, il tire une satisfaction synthétique facile et trompeuse que l'homme médiéval devait gagner à grand-peine par le concret. C'est sur cette duperie ultime de la religion sucre, que la tombe de l'Occident sera érigée par ses ennemis en état d'ascèse, et donc de lucidité absolue.

À peine est-il entré en contact avec vos papilles et votre palais qu'il fait éjaculer vos glandes salivaires dans votre propre cavité buccale ; à cet instant, le piège s'est déjà refermé sur vous. La salive transporte le sucre par torrents et inonde l'intégralité de votre bouche pour être diffusé par influx électrique dans votre tronc cérébral. Ce dernier, étonné qu'on lui impose ce qu'il prend pour vingt-sept masturbations d'affilée en quelques microsecondes, essaye de décaler ce trop gros flux électrique sur les parois supérieures de votre cortex. En saturation totale, à son tour, le cortex se relâche coupablement et décide de sous-traiter la séance de masturbation à toute la surface du cortex moyen. Pour arriver à ses fins, il envoie des stimulations neuronales dans des directions aléatoires. Cette diarrhée d'informations active une nouvelle bite dans votre cerveau. Cette bite, c'est le faisceau médian du télencéphale, c'est une bite qui entre presque instantanément en érection quand le cortex lui indique que le sucre est là. À partir de ce moment-là, le faisceau médian du télencéphale, par générosité pure, décide d'inviter l'aire tegmentale ventrale, le pallidum ventral, le noyau accumbens, l'hypothalamus latéral, le septum et le cortex préfrontal à venir se faire branler, eux aussi, dans un concerto cerebro-partouzesque sordide.

Une fois l'éjaculation glycémique cérébrale terminée, votre cerveau doit gérer le vide dépressif postéjaculatoire que toute cette activité artificielle a produite. Il coupe donc les communications entre les différentes zones qu'il a sollicitées pendant l'explosion de glucose que vous lui avez infligée. Il vous fait donc végéter comme un mollusque le temps de réparer les dégâts nerveux et chimiques que vous lui avez infligé. Dans ce laps de temps dégâts/réparations qui constitue quatre-vingt-dix pourcent de son emploi du temps, l'homme moderne est violable à volonté.

L'ouïe est sollicitée avec parcimonie : on cultive le silence aussi. De ce fait, on est avare en paroles inutiles, les mots doivent être prononcés s'ils ont du sens et si celui qui les prononce en a la légitimité. Par conséquent, le silence est un élément central de cette époque, il est le vide sacré qui sépare deux productions sonores de qualité. Cette omniprésence du silence configure un appareil cérébral totalement différent de celui que l'on connaît actuellement. On est loin du fatigant « la parole pour tous » qui ne fait qu'encourager de sombres trisomiques à formuler des saillies verbales qui devraient leur valoir d'interminables séances de torture publique pour faire un exemple et calmer le reste de la horde.

Aujourd'hui, votre cortex auditif est semblable à une multitude d'anus dans lesquels les multiples stimulations sonores modernes essayent d'introduire une multitude d'objets, ou plutôt, d'ondes contondantes, dans une douleur dont vous êtes les esclaves volontaires. Au XXIe siècle, votre lobe temporal et ses petits anus reçoivent et traitent des stimulations de façon tellement incessantes et sur tellement de fréquences qu'ils en saignent comme s'ils avaient été enculés par un Thalys.

Le silence était un des piliers de la construction humaine de l'époque, un facteur d'ordre et d'équilibre oublié depuis longtemps par la cacophonie moderne.

Dans un monde où l'on marche beaucoup, où chaque tâche du quotidien est un engagement physique, les discussions se font avec Dieu dans un mutisme et un recueillement absolus. Ce vide sonore permet une meilleure absorption de la richesse du monde.

Il en va de même pour l'odorat. Moins une époque pue, plus elle est pervertie et malade. Allez donc sentir une ferme d'élevage de porcs de Bigorre dans les Pyrénées et comparez son odeur à celle du centre des Finances publiques de votre ville. La ferme pue la merde, le centre des Finances publiques sent le cèdre et la Javel. Pourtant, l'un des deux seulement est le centre national de l'exploration anale et de l'enculade à sec. Nous vivons dans une époque où les odeurs ont été standardisées et condamnées à n'exister que pour sentir le menthol, la fraise ou la vanille de connard. La sueur, de couille ou d'aisselles, pourtant révélatrice de vie et d'activité hormonale, est proscrite. Elle est le signal gênant que votre corps est sorti de la torpeur d'une vie de travail au bureau, pour se mettre en branle et vous rappeler que vous avez le droit de vous servir de vos muscles. La vie moderne vous autorise à vous servir de vos doigts pour tapoter sur des claviers de sous-homme, elle vous autorise aussi à contracter et décontracter votre petit sphincter en tension, pour aller poser votre petit caca d'esclave à la pause de 13 heures. Mais elle ne veut surtout pas que vos reins, votre dos et vos biceps commencent à trop se contracter pour passer le cap des trente-six degrés réglementaires. Car un corps qui sue, c'est un corps qui obéit aux ordres que lui donne votre cerveau. Il rompt l'injonction du silence immobile pour redevenir ce qu'il était trente-mille ans avant l'invention de la télécommande. C'est-à-dire une machine à fabriquer un foyer, à faire la chasse ou la guerre et à éjaculer dans des vagins après des culbutes frénétiques.

Quand une jeune merde de lycéen fraîchement démoulée par la République commande un sandwich dans une franchise de sous-homme à Châtelet les Halles, il demande systématiquement avec une inquiétude presque féminine s'« il y a de l'ail ? ». Conscient qu'il doit rester ce corps invisible et inodore comme l'a préparé à l'être cette République de lâches, il redoute que l'ail qui va embaumer son haleine le fasse trop exister en tant qu'être humain. Alors il mâche un chewing-gum de fioque, dans l'espoir de passer sous les radars du détecteur de testostérone. Ne rien sentir pour continuer à « ne rien être ». En réalité, il refuse d'exister parce qu'il est profondément conscient au fond de lui-même qu'il ne le mérite pas vraiment. Il sait qu'il n'est le produit d'aucune sélection naturelle ni d'aucune épreuve, il est ce foetus assisté sous perfusion, qui grossit contre toutes les lois naturelles. En l'an mil il aurait dû crever très vite, parce qu'il ne sait rien faire d'autre que sentir bon cet enculé drogué à Uber Eats, ne sait pas peler un concombre, ne sait pas vider un poulet, ne sait pas chasser ni se défendre, et pourtant, ce foetus qui devrait mourir, grandit et se développe contre toute logique factuelle. Il sait que son existence tient aux lois qui empêchent les forts de le réduire en esclavage et à ce système d'approvisionnement en calories sans effort. Il a accès à de la viande de bœuf sans jamais avoir tué ce bœuf ou respiré sa merde pendant les deux ans nécessaires à son élevage. Il consomme ce qu'il ne mérite pas, il le sait, alors il maquille son haleine par culpabilité. Est-ce que les joueurs du Top 14 se parfument avant de se rentrer dans la gueule pendant quatre-vingt minutes sur la pelouse ? Non ! Parce qu'ils ont intégré qu'ils sont des animaux. Ils savent, au plus profond d'eux-mêmes, qu'ils ont le droit de suer parce qu'ils sont des putains de bestiasses déjà plus vraiment humains. L'époque médiévale ce n'est que ça, des golgoths qui suent, des porcs qui puent, des rues remplies de merde, des paysans et des chevaliers qui sentent l'ail et la chèvre, on ne triche pas avec la vie, on sent ce que l'on est ! Comment se fait-il que l'homme médiéval sente la merde alors qu'il est un héros ? Et *a contrario*, comment se fait-il que la merde moderne sente le musc et la fraise des bois, alors que c'est la plus grosse salope de toute sa lignée ? Les odeurs et les goûts du Moyen Âge sont inimaginables pour la fragile merde du XXIe siécle. Les fruits, les légumes, les céréales sont encore vierges de manipulations génétiques à visée commerciale. On mange donc des aliments dont le goût explose en bouche, tout est un festival de nuances pour les papilles. On ne respire pas encore un air souillé de pesticides, de produits ménagers et de particules de diesel. Il faut bien comprendre que la modernité a consisté à faire disparaître les odeurs du quotidien, pour faire croire au connard contemporain que le lait sort de sous les choux et que le poulet rôti n'a jamais été cet animal qu'il faut plumer et décrotter avant de le saigner, pour lui vider les tripes, et lui couper les glandes du synsacrum qui gâtent la viande. C'est-à-dire que l'enjeu de la société moderne a consisté à couper les éléments de leur provenance naturelle, pour vous faire oublier qu'avant que votre escalope de poulet Sodexo n'arrive dans votre assiette, il a fallu qu'on élève et butte un animal. La standardisation des odeurs, c'est la déculpabilisation de l'homme et son déracinement du réel. Pour être efficaces, les vegans ne devraient pas pousser les gens à consommer moins de viande, ils devraient pousser les gens à abattre leur volaille eux-mêmes. Là, il y aurait un tiers de lâches qui stopperaient la viande, et le reste, capable de tuer pour manger, auraient la légitimité philosophique de le faire. En l'an mil, boire du lait, c'est aller traire une chèvre au milieu de l'étable qui sent le foin et la merde, le lait n'est plus ce liquide magique et pasteurisé qui arrive par enchantement dans votre estomac, il est le fruit d'un processus naturel qui nous connecte au cycle et au sens de la vie. Élever un animal, le traire, puis le tuer pour le manger. C'est-à-dire se responsabiliser à connaître le véritable coût des choses. L'acceptation de la mort comme garantie de vie. L'odeur, c'est l'identité des choses. C'est la marque de leur provenance organique. C'est la preuve du vivant. C'est précisément ce que ne comprennent pas les néo-écolos en marche de notre époque, réduire son bilan carbone, c'est renoncer à tous les petits artifices de la modernité qui empêchent la jeune Greta Thunberg de devoir combattre son autisme pour aller traire une Limousine ou une Salers de trois-cents kilos dans une étable. Cette naine hyperboréale nous demande d'avoir peur de la fonte de la banquise mais oublie qu'elle a déjà peur d'aller buter la dinde qui gît en morceaux dans sa salade du midi. Parce qu'une dinde ça bouge, ça pique, ça pue, et qu'il faut bien qu'un brave paysan se porte volontaire pour aller l'ébouillanter, lui ouvrir le bide, la vider de sa fiente, puis la faire rôtir. Toutes ces étapes nécessaires pour que les ados écolos parisiens puissent absorber quelques protéines entre deux manifs pour le climat. Combattre l'odeur, vouloir la chasser, c'est vouloir vivre dans un mensonge. L'homme médiéval pue, c'est vrai ! Voilà pourquoi il a pris Jérusalem en trois jours. Enculé va !

LA GUERRE DE 116 ANS

La guerre de Cent ans prend place dans une France à la limite de la destruction. La surpopulation et les faibles rendements agricoles génèrent les grandes famines qui vont traverser le pays en vagues meurtrières successives. Ce climat délétère engendre pillages et désordre, dans les villes, la faim qui tenaille les hommes exacerbe les tensions. À cela, il faut ajouter la grande pestilence qui s'abat sur l'intégralité du vieux monde. En effet, à l'Est, en 1346, la horde mongole du grand Kahn assiège la ville portuaire de Caffa. Rapidement, au grand bonheur des assiégés génois, la peste décime l'armée mongole. Mais ces derniers, un peu taquins, décident de catapulter leurs propres morts par-dessus les remparts de la ville fortifiée, pour expliquer que quand tu commences à faire voler les corps gris-violacés de tes potes avec des catapultes, c'est que t'es pas venu pour faire une guerre sans gluten d'homme-soja. Une pluie de cadavres ravagés par la maladie explose contre le sol et les toits des chaumières de Caffa. Les mecs sont à table, rassurés par les murs qui les séparent des Mongols, et entre le fromage et le dessert y a un cadavre de Tatar qui explose sur la table du salon. En fait, personne ne comprend pourquoi autant de violence mais quarante-huit heures après, tout le monde est gonflé de bubons comme un popcorn. Rapidement, la ville empoisonnée conclut une trêve avec les Mongols. C'est donc lorsque les bateaux génois reprennent les routes commerciales, qu'ils empoisonnent les villes portuaires partout autour du bassin méditerranéen. Et c'est certainement par l'un de ces bateaux contaminés qui débarquent à Marseille, que la peste va se répandre en France par foyers épars. À cela, il faut ajouter un contexte politique désastreux. Le roi de France, Charles IV le Bel, crève en laissant trois prétendants à sa succession sur le trône : Philippe, comte de Valois, Edouard III d'Angleterre et Philippe d'Evreux. Ce qui fout un bordel monstre dans un pays qui commence déjà à ressembler à Renaud quand il est bourré. Les Bretons aussi, comme nous l'avons vu avec du Guesclin, font une pause de festoche reggae et crêpes pour entamer une guerre de succession qui reprend l'antagonisme franco-anglais entre Charles de Blois et Jean de Montfort. Tout cet enchevêtrement de facteurs, ajoutés à la perpétuelle présence anglaise en Guyenne, commence à chauffer tout le monde. C'est cette poudrière à multiples mèches qui va faire rentrer le lourd royaume de France dans son Vietnam médiéval contre les Anglais qui ne comprennent pas que Bordeaux est suffisamment rempli de fils de putes pour y ajouter des Anglais par-dessus. Je vous évite le méli-mélo politique de comploteurs metrosexuels pour rentrer direct dans le seul truc qui intéresse l'humanité : la guerre !

La réouverture du conflit aquitain et le soutien apporté par le royaume de France aux Ecossais en lutte contre Édouard III, le roi d'Angleterre, poussent ce dernier à envisager une guerre contre la Francie. Pour casser les couilles à son rival d'outre-Manche, Philippe VI, le roi de France, décide de confisquer la Guyenne aux Anglais pour félonie le 24 mai 1337. C'est-à-dire qu'en fait le roi devient le plus gros manouche de l'Histoire en volant non pas une poule ni un bœuf, mais toute une région entière aux Anglos. Édouard III d'Angleterre réplique en revendiquant la couronne de France. Le 7 octobre 1337, fidèle au style médieval, il fait envoyer un archevêque à Paris pour jeter un de ses gants à « Philippe l'usurpateur, qui se prétend roi de France ». Autant dire que ce genre de clash équivaut à peu près à un manque de respect level Duterte/Amnesty international. La guerre est déclarée.

Mais les deux rois règnent sur des pays de clodos, l'Europe est au plus mal et personne n'a de thunes après le quinze du mois. Alors au début, ils s'affrontent par conflits interposés en soutenant les ennemis intérieurs des deux pays. La France pousse les Écossais à tuer des Anglais, et les Anglais foutent la merde en Bretagne. Mais comme la tension ne fait que monter, les types ont vraiment envie de pouvoir se faire la guerre directement pour pas rater une seule occasion de se saigner en direct. Alors ils font des crédits à la conso chez Cetelem et s'endettent auprès de banques et fonds privés pour pouvoir se faire la guerre le plus violemment et rapidement possible. Pendant que ton voisin fait des crédits d'esclaves pour acheter une Toyota Yaris Hybride de sous-merde, les mecs font les fonds de tiroir pour acheter des flingues à leurs chevaliers. De leur côté, les Français mettent quelques florins sur la table pour se payer des alliés ritals. Avec le renfort de mercenaires génois et de leur flotte, ils prennent l'ascendant sur les mers. Profitant de cette supériorité maritime, ils ne perdent pas de temps et se mettent à piller les ports anglais dans tous les sens. Ils arrivent avec leurs bateaux Alfa Romeo italiens, dérapent sur l'océan comme des racailles, ouvrent la portière du rafiot, chouravent des trucs, butent des gens, violent deux ou trois gonzesses, puis repartent en mettant du turbo folk napolitain de romanichel à fond les baffles. Ensuite, comme les Anglais font du vin dégueulasse que même eux ne veulent pas boire, une stratégie de blocus est imaginée par les Français pour multiplier par mille le niveau de rage. Le vin du Bordelais et le sel de Bretagne sont vitaux pour l'Angleterre, alors les Français et leurs mercenaires coulent les bateaux qui partent d'Aquitaine vers la Tamise. Ces manœuvres mettent les

Anglais au plus mal. Mais cette manœuvre, indirectement, touche sévèrement les drapiers flamands qui se soulèvent contre leur comte Louis Ier de Flandre. Ils sont conduits par un mec qui s'appelle Jacob van Artevelde, une sorte de « Dave » mais avec une épée de deux mètres. Le type réussit à prendre le pouvoir en Flandres. Mais au lieu de bouffer son gouda dans son coin, il s'allie au roi d'Angleterre contre la France. Le commerce reprend donc entre Flandre et Angleterre ce qui permet aux Anglais de se ravitailler sans souffrir du blocus des Français. Toujours en quête de faire du sale aux « Anglois », les Français envoient leur flotte à « l'écluse », c'est-à-dire à l'embouchure du canal reliant Bruges à la mer du Nord, pour y imposer un nouveau blocus naval d'enculé. Mais Le 24 juin 1340, lors de la bataille de la dite Ecluse, la flotte française, certainement équipée de moteurs Renault Scenic de merde, accompagnée de nombreux navires bretons qui savent visiblement rien foutre d'autre que de pêcher du bar et des poulpes, subit une défaite totale qui inverse le rapport de force maritime entre les deux belligérants. Cet événement permet à Edouard III de définitivement s'emparer de l'Écosse et lui laisse enfin les mains libres pour venir s'attaquer à la France. Le problème c'est que la France est cinq fois plus peuplée que l'Angleterre et que son armée est composée de chevaliers connus comme étant les plus aguerris d'Europe. Alors le roi anglais, qui ne veut pas mener de guerre frontale trop coûteuse, décide d'adapter sa stratégie. Il fait débarquer des petites troupes en 1339 qui se chargent de faire des « chevauchées » sur le continent. Les chevauchées sont en fait une technique de guerre basée sur l'économie de frais par le pillage, et sur la mobilité que procure une troupe réduite d'hommes à cheval. Des petits villages français, isolés des places fortes, voyaient débarquer une centaine de cavaliers qui dévastaient tout sur leur passage en baisant tout ce qui peut être baisé, et en spoliant tout ce qui peut être spolié. Les Anglais cherchent en réalité à tuer économiquement la France, alors quand ils ont fini de buter tous les villageois d'un village, ils tuent le bétail. Les mecs sont tellement sans limite qu'ils mettent des coups de hallebarde aux porcs, aux poules et aux vaches qui traînent pour que le saccage et le massacre ne puissent pas être accusés de spécisme par Aymeric Caron. Animaux comme humains prennent une dérouillée légendaire dans une *inclusivité absolue*. Tout ça bien sûr sans oublier de foutre le feu à tout ce qui peut brûler pour le côté graphique et romantique de la « grande aventure humaine ». Chevauchées, massacres, repas, viols, chevauchées, massacres, repas, viols, viols, repas, dormir, caca, chevauchées, caca, massacres, viols, viols, viols, viols-manger, viols-caca, viols-massacres, viols-repas, viols-viols ! Cette technique présente de nombreux atouts, elle permet d'économiser de précieux florins, discrédite le souverain français qui apparaît comme incapable de défendre son peuple, et force l'Ost des chevaliers français à courir vainement derrière des fantômes, à grandes pertes de temps et d'argent, sans jamais avoir à s'affronter directement. Ces terribles chevauchées durent six longues années et ravagent plus de deux-cents villages en plus de petits hameaux perdus impossibles à quantifier. Le roi d'Angleterre fait grossir sa troupe et c'est presque de façon involontaire que les deux armées finissent par se rencontrer à Crécy le 26 aout 1346.

C'est donc en cette après-midi d'été que l'armée du roi de France débarque de la route d'Abbeville en total désordre. Les mecs marchent depuis six ans à la poursuite de ces putains d'Anglais et voilà qu'à trois heures de l'après-midi, alors qu'un énorme orage éclate au milieu de rien, les soldats aperçoivent enfin des Anglais. Surexcités à l'idée d'une baston à l'ancienne, tous fans de la saga « Roland à Roncevaux », impatients de se couvrir de gloire « comme dans la chanson », pressés d'en finir, ils se ruent vers les hauteurs où, les Anglais, prudents, ont fixé leurs positions.

Le roi Philippe VI, qui voit tous ces chevaliers commencer à gueuler des trucs d'abrutis pour se donner du courage, ne parvient pas à stopper ces animaux qui n'écoutent déjà plus les ordres. « On veut faire comme dans la chanson Roland, on va les niquer », voilà le projet très stratégique des chevaliers français. Ouvrir des mecs lambda en deux et capturer un max d'Anglais nobles pour gagner du pognon avec la rançon. Tout ça pour libérer la France ? Non ! Surtout pour se faire respecter par des troubadours qui chanteront leurs exploits en chanson et, peut-être, se faire sucer par deux ou trois roturières grâce à ça. Les types ne pensent qu'à se couvrir de gloire et personne n'écoute le roi qui voudrait reporter le combat au lendemain. Mais les premiers escadrons, plus proches du souverain, reçoivent l'ordre de Philippe VI et s'arrêtent à temps par respect pour la décision royale. Mais la deuxième vague de trisomiques, qui eux, n'ont rien entendu à force de crier des harangues guerrières de golgoths, voient les autres soldats stoppés. Prenant cela comme une opportunité d'arriver les premiers sur les Anglais, ils se mettent à crier encore plus fort et à accélérer la cadence pour arriver les premiers au contact des lignes anglaises. Personne n'écoute plus le roi de France, et, les soldats à l'arrêt, sont entraînés par les autres dans une hystérie collective d'une rare mongolitude. Philippe VI, à force de voir ses propres chevaliers faire des trucs de brutes et gueuler des cris de guerres qui suintent la testo, lui aussi contaminé par la mongolie générale, décide de défourailler son épée de mac, de la lever au ciel, et de charger avec le reste de son armée en hurlant : « Je vois mon ennemi, et par mon âme, je veux l'affronter ! »

Alors là ! Là, là on rentre dans les petits trésors du Moyen Âge. Prenons deux minutes que je vous explique le truc :

Un mec raisonnable donne un ordre raisonnable dans une situation de gogoles, les gogoles n'écoutent pas et se gogolisent de plus belle, alors comme le mec raisonnable se sent seul dans cet environnement de gogoles, il se gogolise à son tour. Mais comme la puissance de la gogolitude est infinie, les mecs déjà gogoles se gogolisent encore plus si un mec raisonnable se gogolise. Donc en fait, la gogolitude devient exponentielle et se propage à l'infini. Puisqu'elle se répond perpétuellement à elle-même, puisqu'elle s'alimente toute seule, elle ne prend jamais fin ; et c'est typiquement ça qui fait de cette époque le plus beau moment de l'histoire humaine. Car à ce moment-là de l'histoire de France, quand on commence un truc de golio, personne ne vient interrompre le cycle sacré de la gogolitude. Alors qu'aujourd'hui, la raison reine vient toujours empêcher la pulsion médiévale d'exploser à nouveau au grand jour. Et c'est à cause de cela, qu'aucun mouvement spontané de foule n'a décidé de défenestrer tous les salafistes de France sur un coup de tête post-Bataclan, là où au Moyen Âge, on aurait passé la nuit à s'inter-gogoliser pour faire un grand ménage à l'ancienne. Mais revenons donc à notre bataille où les choses « *se passent à fond* » pour Philippe VI qui décide d'envoyer les arbalétriers génois entamer le combat avec le reste de la piétaille. Mais comme le matos italien c'est souvent de la merde, leurs armes ont souffert de la pluie : les cordes en cheveux sont humides et perdent de leur puissance. Alors que du côté anglais, les cordes en chanvre à l'ancienne gagnent en dureté lorsqu'elles sont mouillées. Les arbalétriers ritals génois ne peuvent lancer que des carreaux sans force qui manquent de puissance et de précision, alors qu'en face, les archers gallois continuent les tirs en cloche de barrages pour quadriller des secteurs entiers. Ces secteurs sont indiqués par des guetteurs perchés en hauteur qui bénéficient d'une vue d'ensemble et dirigent ces tirs avec précision. Les Génois qui ont des cardio de merde à force de boire des Americano entre deux gueuletons sauce pesto « à la genoveze », sont épuisés de porter ces arbalètes lourdes et encombrantes. De plus, ils ne tirent qu'à une cadence molle d'environ quatre coups par minute. Pour couronner le tout, ces abrutis ont commencé à courir sans emporter leurs boucliers et pavois qui sont restés dans les bagages loin en arrière. Les Génois, qui redoutent presque autant les flèches anglaises que la pluie d'orage qui défait leur gomina, se replient puis finissent par s'enfuir loin des Anglais. Le roi Philippe VI, croyant à une trahison de ses propres mercenaires, ordonne aux chevaliers français de buter tous les fuyards. Dans une folie collective démentielle, les cavaliers français se mettent à traverser le champ de bataille pour aller buter les quelques ritals qui traînent avec leurs arbalètes, la vision est cauchemardesque, les chevaliers qui ont perdu la raison se percutent entre eux et chargent leurs propres alliés en espérant que le roi les regarde faire. Une fois les Génois suffisamment massacrés, ils retournent charger les lignes anglaises, mais les traits d'arbalètes les tuent en grand nombre et ils s'empalent sur les pièges placés la veille. Le capharnaüm s'éternise tout l'après-midi jusque tard dans la nuit. Les Français s'entêtent et effectuent une quinzaine de charges aussi inutiles que meurtrières. Car ils se brisent systématiquement sur les murs de flèches galloises. Les archers du camp anglais, environ au nombre de six-mille, tirent en moyenne de six à douze flèches par minute, soit une moyenne de cinquante-mille flèches par minute à eux tous. Cette terrifiante force de frappe noie les Français sous une avalanche de projectiles mortels dont les chevaux, mal protégés, sont les premières victimes. Le massacre dure toute la nuit, et cela, presque à l'aveuglette. Ce n'est qu'au lever du jour qu'un assaut français atteint la première ligne d'archers gallois pour enfin pouvoir s'y filer au corps à corps. C'est le duc d'Alençon, frère du roi, qui a organisé le succès de cette percée. Les archers, vulnérables face à des chevaliers lourds au galop, ne peuvent résister longtemps. Et là, enfin, les chevaliers français peuvent commencer à se venger d'une nuit entière à subir leurs tirs. Le massacre commence, la haine des Français se déploie et ils pulvérisent les archers en s'acharnant sur les corps sans vie. Horrifiés par la violence du carnage, les quelques survivants fuient en désordre la furie française. Mais à force de frapper dix fois des mecs déjà morts, les Français se fatiguent. Et l'attaque du duc d'Alençon doit maintenant s'enquiller les chevaliers anglais qui eux sont encore frais. Encerclés, les chevaliers français qui sont épuisés par le poids de leur armure, aveuglés par le soleil d'août et déshydratés par la nuit blanche et la chaleur, se font tous massacrer sur la colline. Le duc d'Alençon qui avait mené l'unique charge fructueuse des Français, est retrouvé mort écrasé par son propre cheval.

En milieu de matinée, le roi de France est blessé par un projectile, le comte de Hainaut lui conseille alors d'abandonner le champ de bataille pour aller se réfugier au château de Labroyes quelques kilomètres plus au nord. Le roi, encore traumatisé par ce carnage inimaginable, blessé au visage, effaré par la catastrophe, frappe aux portes du château comme Bertrand Cantat frappe une femme : « Ouvrez, c'est l'infortuné roi de France ! » La scène entrera dans la légende…

Pour les mecs qui sont restés sur le champ de bataille, qui croient toujours que la guerre se fait comme dans la chanson de Roland, avec honneur et courtoisie, ça se passe plutôt mal. Les actes d'héroïsme inutiles se multiplient. Dont peut-être le plus célèbre sera la charge suicidaire de Jean Ier de Luxembourg, dit Jean l'Aveugle, qui est, comme son nom l'indique, totalement aveugle depuis une opération ratée des yeux. À Crécy, alors que le roi de France fuit le merdier, il attache une chaîne qui relie son cheval à deux de ses chevaliers qui sont censés lui donner des indications pour savoir où frapper. Donc en fait, on est sur une époque où les aveugles, quand il y a une guerre, attachent leurs chevaux à des mecs qui doivent essayer d'expliquer au type, l'angle et l'endroit que doit frapper son épée. Bien sûr, en énorme gogole en chef, le courageux Jean Ier frappe autant les Anglais qu'il esquinte les trois fifous de son camp qui comprennent pas que le projet de Jean c'est de continuer à faire la guerre, même s'il y voit que dalle. Alors pour deux Anglais qu'il bute, il éclate aussi un peu quelques Français au passage. Il faut dire que la vie de Jean l'aveugle est dirigée par une profonde volonté d'incarner la gloire chevaleresque. Bien avant sa fin malheureuse à Crécy, il avait enchaîné les tournois glorieux et les performances physiques. C'est ce goût de l'exploit qui l'avait poussé à parcourir à cheval, les mille kilomètres qui séparent Prague de Paris en deux semaines seulement. Se voyant comme un chevalier errant en perpétuelle quête, il voulait rétablir le système de la Table ronde du roi Arthur dans un idéalisme purement utopique. C'est-à-dire que le type se tape des bouquins de chevalerie, se régale comme un enfant devant *Jurassic Park*, et décide de faire des quêtes du Graal au milieu de la guerre de Cent Ans comme un énorme geek au laser-game. Les gens sont en panique, le roi de France en chie sévère, les gosses orphelins grattent la terre pour essayer de trouver une graine ou deux à becqueter, les routes sont infestées de brigands sanguinaires qui violent même les troupeaux de chèvres, et au milieu de tout ça, y a un golgoth à cheval qui cherche le Graal parce qu'il l'a lu dans un livre à la bibliothèque. Tout le monde a le projet de survivre comme un rat, mais lui par contre, il cruise dans toute l'Europe pour chercher le Graal parce que le type a le sens des priorités. Peut-être que c'est l'arrivée déjà naissante de la poudre à canon, quelques années plus tôt, qui poussa Jean à se lancer dans une mort héroïque. À réaliser un truc aussi débile que noble. Sans doute fatigué d'être un Titan, il meurt de la plus belle des façons sous les coups d'épée anglais. Accompagné des hommes qui s'étaient attachés à son cheval par loyauté, son corps ne fut retrouvé que le lendemain. Le Prince Noir, admiratif de l'infinie bravoure de ce chevalier magnifique, pourtant ennemi, aurait demandé la permission à son père, le roi, de porter et reprendre les signes armoriaux de Jean l'Aveugle : les trois plumes et la devise « Ich dien », qui se traduit par « Je sers ». Cette bataille marquera la fin de la guerre « courtoise » telle que les chevaliers français aimèrent la faire durant trois siècles. Quelque part, elle fut un début de fin à un Moyen Âge mourant. Édouard III, qui est déjà le genre de merde progressiste à tirer bénéfice du trop-plein d'honneur de ses adversaires, a désormais le champ libre pour aller assiéger la ville de Calais. C'est le long siège de cette place forte qui va véritablement installer la guerre de Cent Ans dans le pays.

Alors qu'on serait déjà bien repartis pour un petit massacre, la grande vague de peste de 1349 oblige les deux camps à cesser le combat pendant six longues années. Jusqu'en 1355. Cette peste est vécue par la population comme une punition divine faite à Philippe VI qui a été vaincu par une armée nettement inférieure en nombre à Crécy. Le roi de France a dû fuir, chose qui était impensable les cinq derniers siècles, ce qui met en doute la légitimité divine de son pouvoir. Le prestige et l'autorité royale des Valois sont donc profondément altérés aux yeux du peuple. Eh oui parce qu'à l'époque, pour le pécore de base, le roi est une sorte d'*Avengers* ou de *X-Men* invincible qui ne peut crever ou perdre des batailles qu'en faisant des trucs légendaires, comme se faire trahir par un mec de son équipe ou prendre un coup d'épée dans le buffet. On ne regarde pas encore son chef d'État comme la dernière des salopes à quatre pattes devant Bruxelles, avec une pancarte « *enculez-moi c'est la fête de l'oignon* ». Le roi est le roi parce qu'il fait des trucs de roi. Plus le gonze fait des chevauchées couillues de gros cow boy, plus le petit peuple se régale d'être dirigé par un mâle alpha. On n'attend pas de son chef que le type fasse des trucs démocratiques de tantoufle ou qu'il aille distribuer des pépitos aux enfants du Sahel. On attend de lui qu'il fasse des trucs légendaires qu'on puisse se raconter à table autour d'une carafe de rouge. À cette époque, c'est presque rassurant de se dire que son roi fait un demi-quintal et qu'il met des balayettes à tous les bêtas qui contestent son légitime pouvoir. Plus le roi règne, mieux les paysans dorment. Parce que les mecs se couchent sans inquiétude. Si le roi de France a le manche, personne ne pourra enculer l'hexagone. C'est aussi simple que ça. Mais là, le roi a commis un geste triste, il a fait un footing de lâche pour aller taper à la porte d'un château au lieu d'accepter de crever avec toute la noblesse française. La même porte où viennent taper les gueux, les vagabonds, les Roms, les artistes peintres et toutes les fins de races qui sillonnent les campagnes à la recherche d'un RSA ou d'une soupe de miskine. « C'est le roi de France, ouvrez ! » Le type en haut du rempart n'en croit pas ses yeux, d'habitude il crache une glaire bien épaisse et bien chaude sur la gueule des mendiants qui viennent frapper aux portes du château avant 14 heures. Mais voilà, le fifou qui frappe à la porte du château est bien le roi de France. La morve au nez, débraillé, la honte est totale. On le laisse entrer, puis les portes de l'Histoire se referment sur ce triste roi et son ultime fiasco. Après cet épisode malheureux, le désordre s'installe dans le royaume sans que son successeur, Jean II le Bon, puisse inverser la tendance. L'économie va de plus en plus mal et, pour éviter de recourir aux impôts déjà très lourds, l'État procède à des mutations qui dévaluent violemment la monnaie. Le pognon français ne vaut plus rien et on ne peut plus acheter ou importer quoi que ce soit aux pays voisins. Le commerce se réduit encore dans un cercle vicieux infâme. Pour ne rien arranger au marasme économique, les mercenaires démobilisés, contraints au chômage technique, se regroupent en bandes et forment les « grandes compagnies » qui terrorisent et pillent les campagnes. Pas un hameau, pas une place qui ne voie ces bandes déferler sur leurs maigres récoltes et jusque dans leurs foyers. Imaginez le niveau de violence. Des hordes de combattants professionnels qui traversent un pays en proie à la famine et à la maladie. Alors qu'ils rentrent dans les villages ravagés par les épidémies, désertés par les paysans, ils croisent des processions de flagellants qui se martyrisent, le dos en quête de rédemptions illusoires. Partout, les cimetières saturés dégueulent leur trop-plein de cadavres que personne ne peut plus enterrer faute de vivants, des charrettes remplies de morts en décomposition emplissent les ruelles d'une odeur fétide qui signale les villes et villages à des kilomètres. Quand on rentre dans les chaumières où il n'y a plus rien à piller, des familles entières ont été pétrifiées simultanément par la peste. Elles se décomposent dans le plumard familial au milieu des vers et des mouches qui en font un festin de soufre et de chair putréfiée. Les prêtres, qui meurent aussi par milliers, peinent à encadrer les débordements et la panique que génère la peur de la maladie. Impossible à éradiquer, ce mal conçu comme une punition divine, donne lieu à toutes les folies. En Alsace, on assiste à des « manies dansantes ». Des rituels où l'on se convainc que la guérison est possible si on danse frénétiquement jusqu'à s'en évanouir autour d'un portrait de la Vierge ou d'une simple croix. Des femmes, des enfants et des vieillards passent six, huit, parfois vingt heures et plus à danser en cercle autour d'icônes et de reliques sacrées jusqu'à en tomber d'épuisement. S'ensuivait un sommeil réparateur censé purger le mal. Le rituel devait être répété, puis encore répété, jusqu'à en mourir ou en guérir... Donc à en mourir. Les messes noires et autres pactes avec le Diable se multiplient pour sauver sa vie à n'importe quel prix. Charlatans et sorciers exigent des sommes d'argent dantesques en affirmant être capables de soigner la peste. L'Église, ne pouvant laisser faire ce genre de pratique, envoie quelques inquisiteurs faire rôtir les fils de putes qui prennent Satan pour un antibiotique. C'est presque la fin du monde. Entre les psychotiques qui se fouettent le dos en groupe sur les départementales, les viols de masse à la Guy Georges, les nobles qui sont presque tous morts à Crécy et qui peuvent plus faire régner l'ordre sur leurs terres. Entre les bûchers d'hérétiques qui illuminent la nuit avec des coefficients à base de trois-cent-cinquante-mille lumens de puissance éclairante, les tas de cadavres remplis de vers grouillants, les gonzes qui dansent pour se soigner, les Anglais qui brûlent tout comme s'ils étaient du neuf-trois et avaient gagné la coupe d'Afrique des nations cinq fois d'affilée. Entre les grandes compagnies qui traînent sur les routes comme des gitans pour y racketter tout ce qui bouge, entre les récoltes en feu et le commerce qui en chie parce qu'on produit plus rien, la fin du Moyen Âge prend le visage d'une véritable apocalypse.

Mais la France n'a pas encore touché le fond... En juillet 1356, le Prince Noir, qui était parti mater une rébellion de paysans communistes en Angleterre, retourne sur le sol français pour une nouvelle chevauchée. Il prend Vierzon et y fait massacrer l'intégralité de la garnison qui s'y trouve. Opérant de la même façon que dix ans plus tôt, les Anglais continuent de faire déraper leurs chevaux Range Rover sur tous les parkings de France. Et toujours en faisant sauter le distributeur de billets comme des énormes braqueurs du neuf-quatre. Le roi de France est humilié, il ne parvient plus à gérer son pays et passe pour une pipe aux yeux de ses sujets. Les Anglais eux, se gavent de pillages, mais gênés par le poids de tout ce qu'ils ont chouravé, ils décident de prendre la direction de

Bordeaux pour aller mettre leur recel à l'abri. Pour ce faire, ils doivent passer par Poitiers. Jean II le Bon, qui n'en peut plus de voir des rosbifs bizuter sa population, prend la poursuite du Prince Noir avec une armée deux fois plus nombreuse et toujours essentiellement composée de chevaliers lourds. Oui parce que là où le Moyen Âge est intéressant, c'est que la culture du respect est au maximum de sa jauge : si tu peux effectivement éclater tes propres paysans ou leur imposer des impôts un peu violents comme bon te semble, il est en revanche inacceptable qu'un autre souverain se permette de faire du mal à tes propres serfs. Ce sont tes chiens et la putain de règle en or de tout bon roi qui contrôle la street c'est que personnes ne touche à tes chiens. T'as beau leur claquer le museau avec un vieux chausson charentais quand ils renversent leurs croquettes par terre, tu les aimes quand même à ta façon. Il est donc impossible qu'un autre mac que toi se permette d'imaginer qu'il va faire tapiner tes propres putes à ta place. « Total respect » comme disent les Noirs obèses du Bronx. C'est dans ce contexte très street lourd que Jean II le Bon rattrape donc les Anglais dans les environs de Poitiers. Déter, il est impatient de dérouiller ces fils de putes. En soif de meurtre, hyper concentré, après d'habiles manœuvres militaires, le roi de France parvient à fixer les Anglais qui sont nettement inférieurs en nombre et très mal ravitaillés. Les Anglais sentent que le roi de France n'est pas venu pour faire du social de faible, conscients d'avoir été de sacrés enculés, ils craignent un encerclement, puis un massacre en règle. C'est afin d'éviter cette purge qu'ils proposent aux Français de rendre le butin des pillages et promettent de ne plus « porter les armes contre le royaume de France » pendant sept ans. Mais le roi de France a sacrément les glandes et envoie chier les émissaires ennemis. Pour lui, il faut profiter du surnombre et de la puissance de frappe française pour défoncer les Anglais au maximum, ne pas laisser passer l'occasion de marquer le coup en étripant ces ravageurs de royaumes. Mais les quelques rares intellos du conseil royal supplient le roi de France de faire une contre-proposition aux Anglais pour obtenir une reddition sans risquer le combat. Le roi accepte à contre-coeur. Mais comme il a quand même envie de violence, il fait en sorte que la contre-proposition soit inacceptable pour les Anglais. En effet, il est énoncé dans les conditions de reddition que le Prince Noir devra se constituer prisonnier au roi de France comme la dernière des merdes. Ne pouvant pas accepter ces termes exagérément humiliants, l'héritier du trône d'Angleterre décide de jouer le tout pour le tout et de livrer bataille malgré les maigres chances de victoire. Les soldats anglais acceptent la décision du boss de mauvais gré. Les deux camps commencent à aiguiser leurs flingues pour la baston finale. Alors que Jean II le Bon s'apprête à donner le signal d'attaque, deux légats du pape déboulent en toute urgence de Poitiers. Ils supplient le roi de consentir à une trêve et de négocier pacifiquement avec les Anglais. Malgré la bonne volonté du Prince Noir, qui voudrait épargner ses hommes, personne n'arrive à tomber d'accord et le roi de France se met en mode autiste. Il a envie de défoncer des Anglais et rien ne peut plus l'empêcher de planter des trucs contondants dans des corps d'anglo-saxons. Le mec en peut plus, les trois semaines précédentes il a passé ses nuits à faire des rêves obsessionnels de massacres d'Anglais. Son cerveau lui a fabriqué des rêves d'Anglais qui souffrent pendant un demi-trimestre et il n'en peut plus de ces rêves. Dès qu'il ferme les yeux, il voit une batte de base-ball fracasser la tête d'Elton John pendant dix minutes. Il visualise des trucs d'inquiet fini : la reine d'Angleterre qui prend des faciales à Buckingham, Meghan Markle qui mange une patate de Tyson, le prince Charles qui se fait décapiter par l'État islamique. Un tractopelle qui roule sur Nelson Monfort, du napalm sur les Beatles, Harry Potter aux soins palliatifs avec un triple cancer du côlon.

Le type est obsessionnel compulsif :

« *Tu veux quoi pour le goûter ?*

– *Niquer des Anglais.*

– *Tu veux faire quoi samedi soir ?*

– *Niquer des Anglais.*

– *Tu veux te faire pomper par Cardi-B ?*

– *Non, je veux niquer des Anglais !* »

Voilà, en fait ça fait à peu près toute sa vie que le roi de France a envie de niquer des Anglais, et le jour J est imminent.

Au matin du 19 septembre 1356, un mouvement des troupes anglaises est constaté par les observateurs français. Pour les deux chefs de l'avant-garde française, les Anglais tentent de passer leur butin de l'autre côté de la rivière Miosson via un passage connu comme le « *gué de l'Homme* ». Mais les deux commandants ont une interprétation différente de ce mouvement de troupe. Pour le maréchal Jean de Clermont, il est clair que c'est un piège grossier. Pour le maréchal Arnoul d'Audrehem, il faut charger tout de suite pour aller occuper les passages et empêcher les Anglais d'éloigner leur butin. Les deux commandants se confrontent violemment et la discussion part gravement en couille. Par orgueil, sans doute aussi par impatience de faire des trucs héroïques, ils se défient et décident unilatéralement de charger chacun dans la direction qu'ils estiment être la bonne. Bien sûr, aucun de ces deux énormes mongoliens n'a jugé nécessaire d'obéir au roi ou de simplement l'avertir qu'ils vont aller faire leur Vietnam solo sans le reste de l'armée. La charge d'Audrehem se finit sur un petit chemin bordé de haies et difficilement praticable. Bien sûr, les archers gallois, éternelles putes de la guerre de Cent Ans, planqués comme des rats derrière les buissons, anéantissent la troupe avec une bonne rasade de flèches. De l'autre côté, le connétable Gauthier VI de Brienne prend le parti du maréchal de Clermont, il se joint à lui et tous deux chargent le comte de Salisbury. Bien sûr, comme à chaque fois que les Français font des trucs d'autistes, ils se font tous les deux massacrer avant que toute l'avant-garde ne soit elle aussi décimée. Voyant ce désastre, toujours esclaves de la « loi de Crécy », la stimulation d'un trisomique isolé sur les autres trisomiques en sommeil opère sur le reste de l'armée française qui était restée en position. Ainsi, les deux corps de bataille français se précipitent en désordre sur les Anglais, le bordel de la manœuvre est accentué par les pièges que les Anglais avaient préparés pendant les pourparlers, ces salauds ! Les Français, comme à Crécy, se massent contre les haies infranchissables qui parsèment le champ de bataille. Bloqués, exposés, comme à Crécy, ils refluent à contre-sens de l'arrière-garde qui monte à l'assaut. Comme à Crécy, le champ de bataille devient du grand n'importe quoi sous un orage de flèches meurtrières. Les Français crèvent en grand nombre et la situation bascule à l'avantage du Prince Noir. Le roi de France, ce gros nazi qui ne rêve qu'à son Holocauste anglais, aperçoit son armée se faire éclater au lieu de mener son projet à bien d'exterminer tous les roux de la planète. Furieux, ivre de rage, il se lance dans la mêlée qui se résume maintenant à une succession de massacres sans queue ni tête, où le désordre et la folie meurtrière règnent. C'est à ce moment de la bataille qu'intervient une récente règle féodale reconnue par l'ordonnance royale du 30 avril 1351. En effet, Il était autorisé, pour la troupe et les seigneurs qui relevaient du ban féodal, de se *départir* d'une bataille jugée perdue et inutile à poursuivre, c'est-à-dire le droit pour les seigneurs de décider de quitter le champ de bataille suite à une série de mauvais choix ou d'échecs tactiques trop nombreux. Cette autorisation particulière de départ doit se faire par délibération dans un conseil dédié à cet effet. Dans les faits, il pourrait s'apparenter à de la fuite, mais en réalité, ce droit avait été créé dans le souci d'éviter que les grands chevaliers soient faits prisonniers et que le roi de France, déjà fort pauvre, n'ait à reverser quelques rançons beaucoup trop coûteuses aux Anglais. Bien entendu, il était obligatoire de prévenir de son départ à l'avance. Mais la bataille commence à ressembler à un merdier encore plus grand que celui de Crécy dix ans plus tôt. Et les hommes, traumatisés par la célèbre catastrophe, et alors que le roi Jean II le Bon n'a pas encore donné l'assaut avec le gros de ses troupes, l'abandonnent tous pour faire valoir leurs droits « de se départir ». Le roi, voyant ses chevaliers se désolidariser du projet d'éclater des gueules, se met à penser que la défaite, malgré le surnombre français, devient une option possible. Terrifié, il sauve ses fils en les envoyant à Chauvigny qui est tout proche. Le comte d'Anjou, le dauphin Charles et le duc de Berry quittent donc la bataille. Mais là, John Chandos, le célèbre commandeur anglais, aperçoit le roi de France de loin, il est reconnaissable entre tous grâce à sa cotte d'armes aux fleur de lys. John Chandos interpelle le Prince Noir de cette phrase qui est restée dans l'Histoire :

« Adressons-nous devers votre adversaire le roi de France, car en cette part gît tout le sort de la besogne. Bien sait que par vaillance, il ne fuira point. »

C'est-à-dire qu'en fait, contrairement à cet énorme lâche de Macron qui va se planquer dans un bunker quand quelques Gilets Jaunes désarmés débarquent à cinq cents mètres de l'Élysée, les Anglais du lourd Moyen Âge savent qu'un roi de France a beaucoup trop de testo dans chacune de ses deux royales couilles pour fuir comme une merde. Ils savent que s'ils engagent directement le roi de France, le type va accepter le combat et faire honneur à la burne médiévale. Jean II le Bon, qui comprend que les Anglais viennent à lui, fait stopper son cheval. Comme l'avait prévu John Chandos, il descend de sa monture et fait mettre, à tous ses compagnons, pied à terre. Il arrache une hache de son destrier et se tourne vers les Anglais. Le roi de France, le type qui dirige le plus beau pays du monde, l'homme que Dieu a choisi pour gouverner ce peuple de bâtisseurs de cathédrales, le seul peuple d'Occident qui ait pris Jérusalem, à la tête de tous les chevaliers qui lui sont restés fidèles, se tourne vers les ennemis qui chevauchent vers lui, fléchit ses cuisses de talonneur du Top 14 pour prendre des appuis, et se tient prêt à encaisser la charge meurtrière qui l'attend. Un roi de France, presque seul sur la plaine, les yeux exorbités, se tient là où est son destin. Face aux putes qui veulent lui voler son héritage divin, entouré d'une équipe prête à se faire ouvrir la gueule pour avoir le privilège de mourir avec le roi, au nom du lourd et éternel royaume de France.

Je suis certain de savoir à quoi se mit à penser le roi avec ses mains crispées sur sa hache au milieu de la plaine. Je suis sûr qu'il pensa à son père, Philippe VI, celui qui avait dû fuir à Crécy, celui qui n'avait pas su trouver la mort qu'il fallait qu'il trouve pour entrer dans la légende et le Panthéon des Titans. Je suis sûr que le roi, enhardi par le poids de l'honneur, la charge de bravoure qui incombe à un souverain français, dut trouver une forme de tranquillité et de plénitude dans l'attente du vertigineux ravin de la mort. « Mourir c'est achever de naître » faisait dire Edmond Rostand à son célèbre héros Cyrano de Bergerac. Mourir, c'est aussi trouver une forme d'éternité, car bien que l'on ne vive pas éternellement, on est éternellement mort. On est cette absence de présence qui pèse de son poids métaphysique sur les vivants. Car à l'instant où vous lisez ces lignes, quoi de plus concret, quoi de plus vivace, quoi de plus prenant que ce roi de France qui s'apprête à mourir en héros dans quelques minutes ? Rien de ce qui existe mollement sous vos yeux n'est plus réel que ce qui a existé avec puissance longtemps avant votre naissance. Le temps n'existe pas, il n'y a que des actions de vie et de mort qui font l'Histoire.

Le roi est maintenant assailli de toutes parts, il lutte, il se bat, il tranche et frappe tous ceux qui tentent de le capturer. Il veut mourir comme sait le faire un Roland à Roncevaux. Il veut réhabiliter sa dynastie, les Valois, et réparer les erreurs de son père à Crécy. Il est ce que l'humanité a de plus noble, mais ces diables d'Anglais sont aussi des hommes valeureux du Moyen Âge et ne peuvent se résoudre à tuer un roi. Même si celui-ci les blesse et leur donne du fil à retordre, ils tentent de le mettre hors de combat sans le tuer. La légende se dérobe, la mort ne vient pas, nous ne sommes plus au début du Moyen Âge, le monde a changé et les rois n'ont plus le droit de mourir au combat. Leurs rançons potentielles dépassent désormais le prestige qu'on peut tirer de les tuer. L'un des fils du roi, Philippe, a fait demi-tour et s'est faufilé jusqu'à lui pour lui porter secours. « Père, gardez-vous à droite ! Père, gardez-vous à gauche ! » Le fils du roi, qui se fera plus tard appeler le Hardi pour avoir soutenu son père dans la mêlée, est finalement fait prisonnier alors qu'il tentait d'aider son géniteur, lui aussi capturé par Denis de Morbecque. La bataille est un désastre absolu. Le royaume de France a perdu presque vingt comtes, un archevêque, pas loin de soixante-dix barons et bannerets ainsi que plus de huit mille hommes d'armes... Les Anglais, ces fils de pute avec leurs arcs de gonzesses, ne perdirent que deux-cents hommes et cent-cinquante pauvres archers. Un ratio sans appel pour une bataille qui aura duré six longues heures. Le roi et son vaillant fils sont donc détenus par le Prince Noir au château de Chambonneau qui se trouve non loin de l'endroit où a pris place la bataille. Pourtant, la popularité et l'admiration du peuple pour le roi vaincu furent unanimes. Prêt à épouser la mort et son destin de roi, il a survécu à cette décision héroïque de rester attendre la charge des Anglais. Le Titan n'est pas mort, mais il est quand même rentré dans l'Histoire ! Sa popularité d'alors est vérifiable par les dons d'argent que firent volontairement de nombreux Français pour payer son exorbitante rançon. Rançon d'autant plus difficile à payer par un royaume ravagé par la peste et dévasté par la guerre. D'un point de vue symbolique et militaire, la déroute de Poitiers est encore plus humiliante que celle de Crécy dix années plus tot. Elles mettent surtout en relief le caractère fortement mongolien qui prévaut dans la chevalerie française. En dix années, les Français n'avaient pas fait évoluer leur stratégie militaire d'un pouce. Les chevaliers français comptaient encore presque exclusivement sur la puissance de la cavalerie. Ils n'avaient tout simplement pas d'archers dans leurs rangs parce que tout le monde était d'accord pour dire que tirer une petite flèche de pute à l'abri derrière une palissade c'est un truc d'énorme sac à foutre sans figure. Mettez-vous à la place d'un chevalier qui se trimballe trente-cinq kilos d'armure lourde, qui ride sur un cheval déter avec un mental forgé par vingt ans de chevalerie et de *Chanson de Roland*, et imaginez-le maintenant se retrouver face à un archer. Une fiope de cinquante-deux kilos sans armure ni épée qui se cache derrière une haie avec un bâton courbé pour tendre une ficelle et faire des tirs en cloche, qui vont faire crever des vétérans de vingt-cinq batailles sans qu'ils voient qui les a tués. C'est clairement macronien et à l'opposée des valeurs des lourds chevaliers Français, imbibés d'esprit chevaleresque, qui s'entêtaient à faire les mêmes charges de bourrins que leurs glorieux ancêtres. Celles qui avaient prévalu stratégiquement sur tous les champs de bataille jusqu'à la fin du XIIIe siècle. Pour les Gaulois du quatorzième, tuer un mec de loin sans voir précisément sa gueule, c'était un aveu aussi probant que de passer quinze jours de stage à la Fistinière. Toujours est-il qu'Édouard III, le daron du Prince Noir, qui avait été le vainqueur à Crécy, exigea une rançon énorme d'un montant de quatre millions d'écus d'or pour la libération du courageux roi et de son fils. Cette absence du roi de France sur son territoire crée un bordel sans précédent. Les Navarrais entre dans le game par sournoiserie pure et profite de la faiblesse du royaume pour se tailler de nouveaux fiefs en accord avec les Anglais. C'est finalement en 1360, par le traité de Brétigny, que les Anglais, après négociations, rendent la liberté au roi Jean contre une rançon de trois millions d'écus d'or. En plus de cette somme considérable, la France doit refiler aux Anglais la zone du royaume qui correspond aux anciennes possessions historiques des Plantagenêt dans tout le sud-ouest de l'Hexagone. Le désastre est total.

Bien sûr, la guerre de Cent Ans ne s'achève pas ici, et il est mal venu de terminer un si grand récit héroïque par deux défaites françaises. Mais c'est bien ici que termine le véritable et noble Moyen Âge à mes yeux. Il y aura l'épopée de Jeanne d'Arc, et la trahison qui en suivra... Il y aura quelques soubresauts épiques en Amérique, quelques charges héroïques françaises qui ressusciteront l'instant d'une bataille les plus belles et les plus dignes heures de l'homme médiéval. Il y aura la conquête de l'Ouest, dernier et fugace rugissement de la vitalité occidentale. Mais le monde n'y est plus, le cœur ne consent plus à l'ouvrage. Les deux batailles maudites de Crécy et de Poitiers ont englouti presque l'intégralité de la vieille noblesse française. Une noblesse émouvante, car tellement rustique et ancienne, qu'elle a préféré le suicide brutal et magnifique à la lente agonie des pleutres. Les chevaliers français n'avaient pas envie de se résoudre à faire la guerre avec des flèches. Ils ne comprenaient pas pourquoi le monde s'entêtait à se défaire des vieilles traditions médiévales qui avaient tant fait pour l'excellence de la France et de son peuple. C'était devenu compliqué de trouver une mort satisfaisante. Tout n'était plus que tractations financières et petites négociations minables de rançons. Les rois se mirent à échanger des régions de France contre quelques répits entre deux guerres mal menées et inutiles. On devait se battre à côté de mercenaires professionnels qui n'avaient déjà plus la foi. Nous étions presque déjà dans l'avènement de l'individualisme, dans l'abandon des utopies romantiques. Nous nous préparions à devenir des légions de petits comptables, des accumulateurs professionnels plutôt que des conquérants maladroits. Désormais, l'esprit chevaleresque serait utilisé à des fins pécuniaires ou d'enrichissement d'une bourgeoisie naissante. Deux pauvres batailles à dix années d'intervalle pour en finir avec toutes ces tonnes d'héroïsme dont plus personne ne veut endosser la lourde et exaltante charge. L'esprit chevaleresque est devenu trop encombrant pour l'époque qui arrive. Les hommes ne sont plus à la hauteur, ils ne font plus les rêves baroques de leurs ancêtres.

Ils ne sont plus traversés par ce souffle épique brûlant qui gonflait les cœurs d'une pulsion de violence magnifique. Adieu héroïsme infernal ! C'en est bien fini de toi. Nous sommes fatigués d'être des Titans. Désormais, nous serons simplement des hommes...

DEVENIR UN CHEVALIER !

Ce recueil n'est pas seulement un plaidoyer poétique ou un exercice contemplatif. Ce recueil est un manifeste, un manuel révolutionnaire que vous avez la charge et la mission de faire vôtre. Je ne suis rien de riche ou d'estimable, ce sont mes mots et les valeurs qu'ils enluminent, le véritable trésor que je vous offre. Soyez des chevaliers, soyez des enracinés, je ne le répéterai jamais assez. Faites de votre quotidien une séquence médiévale permanente. Être un chevalier c'est faire saigner le progrès assassin qu'on vous impose par de simples petits refus de participer à la mascarade moderne. Si nous sommes suffisamment de chevaliers, nous pourrons reprendre notre pays avec une poignée de braves par notre simple rigueur morale individuelle. Ne jugez les hommes que sur leurs actes et non sur leurs promesses ou sur leur couleur de peau. Jugez-les sur leurs valeurs, sur les couilles qu'ils sont capables de déployer au service d'un monde plus juste et chevaleresque. Qui est le plus proche d'un Tancréde ou de Godefroy ? Un lâche et opportuniste avorton blanc de Canal + ou un samouraï japonais loyal à l'héritage de ses ancêtres ? Qui a le plus de caractéristiques guerrières et de valeurs ancestrales en commun avec nos ancêtres ? Un guerrier Moudjombo du Likouala ou une merde de collabo trotskiste de chez *Libération* ? Ne vous trompez pas de combat, le monde compte deux camps qui sont loin de se séparer par la race ou la religion, celui des enracinés aux valeurs nobles et naturelles, et celui des apatrides néo-progressistes sans racines ni nation. Le progrès contre la Terre. Le vagabond contre le père de famille. Le juste contre le versatile, l'esclave contre l'homme libre. Dieu contre Satan, la GPA contre le coup de bite patriarcal à l'ancienne. Soyez capables de vous reconnaître entre vous, entre chevaliers, prêtez main forte à vos frères de valeurs et d'humanité, soyez des exemples d'honneur et d'intégrité pour les vôtres. Nous ne sommes pas des criminels communistes ou nazis qui veulent imposer leurs systèmes pervertis à la masse, nous sommes des chevaliers ! C'est-à-dire que nous sommes les vecteurs historiques des lois naturelles et œuvrons d'abord sur nous-mêmes, avant d'essayer de faire la leçon à nos contemporains. C'est en devenant des modèles que nous convertirons les autres. Manger local me paraît être une des premières évidences. Si je mange le fruit de ma terre je soutiens les gens de ma terre. Apprenez l'histoire de votre région, puis l'histoire nationale, comme ça si un charlatan du SGEN essaye de vous vendre une histoire de France frelatée à l'huile de « karlmarxite » vous pourrez lui mettre la sanction qu'il mérite. Faites vivre le patrimoine, allez visiter les châteaux et cathédrales de nos pères. Si vous mettez huit euros dans un Subway de sous-homme, pas d'excuse pour pas lâcher un cinq euros pour aller visiter Sainte-Cécile d'Albi. Si tu payes un mojito hors de prix à une étudiante vilaine pour la baiser, commence pas à rechigner à griller un petit billet pour aller voir la piaule de Gaston Faebus au château de Foix (lui au moins il se lavait les aisselles tous les deux mois). Prenez la défense des vôtres, ne détournez pas les yeux quand une bande de sales racailles s'en prend à un faible, tournez-vous instinctivement vers les autres et essayez de trouver un autre chevalier prêt à vous prêter main-forte. N'intervenez seuls que si vous êtes capables de le faire en termes de capacité de combat ou « d'outillage », il ne s'agit pas de foncer tête baissée à l'abattoir. Vos ennemis sont des animaux sans honneur, soyez prêts à mener un combat sale, préparez-vous aux conséquences... Lors d'un acte de provocation, trouvez celui qui a l'air aussi outré que vous et essayez de recruter un maximum d'autres chevaliers pour ne laisser aucune chance aux vermines que la République a habitués à l'impunité. Ne vous fiez pas aux apparences, à Toulouse, dans le métro, j'ai vu un étudiant indien éclater deux racailles avec un gros paysan gascon de cinquante berges au milieu des autres lâches qui se faisaient bizuter par un apatride de HLM. Il a suffi de deux paires de burnes suffisamment solides au milieu de quinze moutons émasculés pour étrangler l'épouvantail qui se prenait pour un lion. Je vous assure qu'au bout de cinq secondes sans oxygène avec un avant-bras de daron gaulois sur la glotte il n'y a plus de « regard à la Tony Montana cousin » qui tienne. À Nice, une poignée de Tchétchènes ont suffi à dresser la racaille. Comment ? Parce qu'ils sont solidaires entre eux, qu'ils ont des couilles et que la plupart pratiquent des sports de combat depuis qu'ils ont cinq ans. La République et cette société de consommation ont fait de vous des salopes individualistes. Déconnectés des vôtres, vous êtes seuls face à toutes les hordes de sauvages visa-compatibles de l'Hexagone. Devenir un chevalier, c'est refuser ça. Devenir un chevalier, c'est se mettre au service des siens même si votre intérêt n'est pas immédiat. Si la « bande à Bilel » prend une sanction chaque fois qu'elle dépasse les bornes, qu'est ce qui va se passer ? Les racailles apprendront à se tenir tranquilles et notre société sera plus belle à vivre parce qu'il n'y aura plus un coin de France où il n'y ait pas une patrouille de chevaliers prête à mettre une branlée au premier qui la ramène un peu trop. Les racialistes veulent éloigner les Arabes et les Noirs couillus pour rester entre Blancs métrosexuels fragiles et surtout pas renouer avec la couille blanche médiévale. S'isoler entre fils de salopes ne fera pas renaître une France forte. C'est dans la confrontation virile que vous retrouverez la France de toujours. C'est en menant le combat plutôt qu'en le fuyant que nous redeviendrons un peuple respectable. Et vous verrez qu'au passage, d'autres chevaliers noirs-africains ou maghrébins vous aideront à purger la merde irrécupérable qui pullule en cité. Ils deviendront vos frères d'armes et le tri se fera par les valeurs et non par la race. Pour vous préparer au combat, faites de votre quotidien une épreuve de force : rugby, boxe, lutte, judo, béhourd. Nos ancêtres chevaliers consacraient du temps à l'entraînement et à nourrir et renforcer leur mental. L'épée pour le noble, la « soule » pour le paysan. Si tout le monde a le nez pété, le taux de testo national explose et le plus méchant des wesh redevient instantanément la pute sans couilles qu'il est véritablement, dès que cette France d'impunité se donnera la peine de se réveiller. Être un chevalier, c'est aussi être loyal, à son pays, à son seigneur (c'est-à-dire à votre papa) et à vos valeurs morales. Être un chevalier, c'est prendre soin de nos anciens, être affectueux et prévenant avec nos « vieux », leur apporter du soutien et prendre de leurs nouvelles. Vous vivez à proximité de vieux retraités, allez vous présenter spontanément à leurs portes pour leur proposer de l'aide et un peu de compagnie de temps en temps. Soyez gentils et serviables avec ceux qui le méritent, soyez sans pitié avec les merdes irrécupérables. Nous vivons dans une société qui refuse la peine de mort pour les assassins mais qui laisse crever ses vieux dans des mouroirs insalubres après une vie de travail.

Faisons l'inverse, soyons capables d'exiger l'exécution publique télévisée de Salah Abdeslam tout en transférant notre budget « prison de luxe pour racailles » vers nos maisons de retraite. On arrête les console Xbox dans les cellules grand luxe de nos multi-récidivistes puis on augmente le salaire de nos pompiers et de nos forces de l'ordre. Être un chevalier, c'est savoir être aussi violent qu'affectueux. Avoir une conception de la justice qui laisse autant de place pour la juste sanction que pour le nécessaire pardon. Discerner le véritable crime de « l'accident de parcours ». Faire de votre corps une arme, faire de votre mental un bunker imprenable. Vous vivez dans un pays qui vous demande de trier vos déchets domestiques, mais qui est incapable de trier à ses propres frontières le djihadiste du simple touriste. Vous vivez donc dans un État sans queue ni tête aussi impuissant que limité. Dès lors, le sabotage individuel peut être une solution efficace pour nuire à ce régime sans risquer d'en être piégé. Cela passe par un boycott de consommation de tout ce que vous ne validez pas. L'école publique est une usine à communismo-dhimmitude, placez donc, si vous le pouvez, vos enfants dans le privé. L'Éducation nationale doit mourir, cela passe par la contre-éducation que vous ferez à la maison sur le cerveau de vos enfants. Fabriquer à nouveau des enfants français est la garantie de créer un contre-pouvoir à la propagande de masse actuelle et de peut-être pouvoir inverser la tendance dans quelques années. Si vous êtes dans un petit village, essayez de faire des pétitions ou des actions pour financer des monuments mémoriels à la gloire des identités locales. Statues et monuments sont intéressants car une fois dans le patrimoine ils marquent le terrain de façon légitime. Le territoire doit être repris par le symbole, l'art, la culture, et les actions personnelles. Rien de difficile dans tout ça. Faites péter des statues de Tancrède en Normandie, célébrez le courage des mineurs de fond dans le Nord, faites ériger des monuments à la gloire des héros français du passé partout où vous êtes. Les symboles puissants stimulent l'adhésion aux valeurs qu'ils évoquent. Les villes sont perdues, le combat devra donc se mener dans les campagnes, il faut par conséquent envisager d'y retourner et d'y organiser la renaissance de la France. Baiser la République c'est lui imposer tout ce qu'elle déteste : l'identité, la ruralité, la religion, l'indépendance, les valeurs ancestrales, l'hétérosexualité, la famille nombreuse, le sentiment patriotique, le lien avec les anciens, l'entraide, s'armer, être prêts à se battre, faire un poulailler pour baiser l'État et lui payer le moins de taxes possibles sur ce que vous consommez. Si tous les braves partent des villes, les collabos gauchistes du centre-ville se retrouveront avec leurs racailles chéries. Il se feront donc dominer, puis massacrer, par faiblesse morale et physique par leurs copains banlieusards. Là, il n'y aura plus d'obstacle à ce que la classe moyenne reprenne les commandes du pays par la voie démocratique ou par la voie royale.

Nous ne sommes plus en l'an 1200 après Jésus-Christ, vos ennemis ne sont pas soumis aux lois chevaleresques, sachez combattre avec honneur mais aussi avec malice. Sabotage intellectuel de l'ennemi, resquilles, auto-suffisance nutritive, communautés parallèles peuvent faire sombrer ce régime aussi fragile qu'artificiel si la résistance se généralise. Pour faire renaître la France, il faudra affaiblir la République en réinstaurant la chevalerie, la seule voie sans sacrifier inutilement notre avenir dans des vies passées dans l'illégalité.

Laisser le parasite inclusif rencontrer son allié islamiste et indigéniste est la meilleure stratégie à court et long terme. Là, la victoire sera à notre portée. Pour l'instant, les collaborationnistes empêchent les véritables Français de cœur de sauver ce pays. Cessons de nous interposer et laissons l'inévitable se produire et la banlieue massacrer le centre-ville. Ensuite, et seulement après cette grande purge, viendra le temps de laisser Dieu choisir qui devra hériter de la France :

Tariq Ramadan, ou Jean Lassalle !

L'ADIEU AUX TITANS

La poudre et sa terrible puissance, la possibilité qu'un pleutre anonyme puisse crucifier un chevalier avec une simple arbalète. La complexité d'un nouveau monde qui se délie de l'honneur. L'apparition du commerce roi et de sa ribambelle d'eunuques opportunistes. La marchandisation de l'homme et l'industrialisation de l'esclavage. La possibilité de spéculer sur le pain, l'administration déifiée, les lois contraires, la fin de la parole donnée, les mains molles et les yeux fuyants finirent par tous les éclipser.

Lentement, au fil du temps, Roland, Martel, Bohémond, Tancréde, Godefroy, Raymond de Saint-Gilles, Pierre II d'Aragon, Louis VI le Gros, Simon de Montfort, Guillaume des Barres, Roger Trencavel, Jacques de Molay, du Guesclin, Jean II l'Aveugle et tant d'autres monstres magnifiques, montèrent sur les chevaux de l'Histoire pour aller faire rugir leurs légendes ailleurs que sur notre vieille Terre. Dans notre imaginaire, dans nos cœurs, dans nos rêves épiques, dans la grande cathédrale céleste des héros du vieil âge. Ils continuent leurs chevauchées sauvages sans fin.

Qui, parmi nous, orphelins de leur grandeur, tristes enfants coupés de nos vrais pères, fils d'une époque bâtarde, cernés par la lâcheté de nos contemporains, entend leur voix à travers les siècles ? Ils sont là, ils sont vivants. Ils nous parlent. La lumière brille dans les ténèbres.

Et les ténèbres ne l'ont pas arrêtée.

RÉG

IEZ !

ENCULÉS, VA !

REMERCIEMENTS

Merci à Giul et Laura, les deux colonnes d'Hercule sans qui la « voûte céleste » s'effondre sur le monde. Merci à David pour son travail d'édition, sa gentillesse, sa confiance et sa protection. Merci aux chevaliers occitans, castillans, navarrais et aragonais d'avoir aidé l'Europe à se délivrer de la menace fasciste. Merci à Jérôme R. à Eric C. et à Bertrand pour leur soutien affectueux. Merci aux « gueux » d'avoir tenté un truc en impro pour la première croisade. Merci au comte de Toulouse d'avoir gardé la ville à peu près propre, désolé de ne pas avoir su empêcher que la République en fasse une poubelle salafo-communiste. Merci à Jean Lassalle et Lolo Pons d'essayer de ressusciter le Moyen Âge. Merci à Trustito et Dake de m'avoir convaincu de balancer mon Nokia 3310 par la fenêtre. Merci à Olivier L. de persévérer à garder une tête de paysan médiéval dans cette époque de tarlopes. Merci à ma femme d'être la reine sans qui le roi redevient une merde. Merci à « Nous sommes des héros » de m'avoir forgé une couronne wisigothe ! Merci à Mattias Köping de prouver que même les animaux sauvages sont sensibles et intelligents. Merci à Pierre II d'Aragon d'avoir su mourir comme un Espagnol : par bêtise, mais avec honneur ! Merci à la France d'avoir accueilli mes quatre grands-parents. Merci la Bretagne pour du Guesclin (et arrêtez de cuisiner au beurre, ça n'a pas de sens). Merci à toute l'équipe Ring d'être les résistants résolus dont ce pays manque tant ! Vive la France ! Vive le roi !

RECEVEZ NOS PROGRAMMES AVANT PARUTION EN VOUS INSCRIVANT À NOTRE NEWSLETTER SUR RING.FR

RETROUVEZ-NOUS SUR FACEBOOK, TWITTER ET INSTAGRAM

DU MÊME AUTEUR AUX ÉDITIONS RING :

FDP DE LA MODE - ENCULÉS, VA !

FDP DE LA MODE - L'ULTIME CROISADE

CARNETS DE GUERRE

Achevé d'imprimer sur
rotative PAR BUSSIÈRE CPI
FRANCE

en Novembre 2020

–

Dépot légal : OCTOBRE 2019
Numéro d'édition : 004
Imprimé en France

–

ISBN : 979-10-91447-98-0

N° d'impression : 2054694